Der Chly Prinz

Antoine de Saint-Exupéry

Der Chly Prinz

mit Aquarell vom Outor

Bärndütsch
vom Lorenz Pauli

LOKWORT

5. Auflage, 35.–40. Tausend 2006
Die französische Ausgabe erschien unter dem Titel

Sprachliche Durchsicht der berndeutschen Ausgabe:
Ruth Bietenhard, Steffisburg
Satz: ars nova Horw

ISBN 3-906786-28-5

Füre Léon Werth

I bitte d Chind um Entschuldigung, dass i das Buech amene Erwachsene widme. I han es guets Exgüsee: Dä Erwachsnig isch der bescht Fründ, won i uf der Wält ha. I ha no es anders Exgüsee: Dä Erwachsnig versteit alls, sogar d Chinderbüecher. I han es dritts Exgüsee: Dä Erwachsnig wohnt z Frankrych u het Hunger u früürt. Er bruucht Troscht. We alli di Entschuldigunge nid länge, widmen i das Buech halt em Chind, wo dä Erwachsnig früecher isch gsi. Alli Grosse sy früecher einisch Chind gsi. (Aber nume wenigi bsinne sech dra.)

I verbessere also my Widmig:

Füre Léon Werth
won er e chlyne Bueb isch gsi.

I

Won i sächsi bi gsi, han i mal imene Urwaldbuech, wo «Erläbti Gschichte» gheisse het, es prächtigs Bild gseh. Es het e Riiseschlange zeigt, wo grad es Vych vertrückt het. Hie isch e Kopie vo dere Zeichnig.

Im Buech heissts: «D Boas verschlingen es Tier grad ganz, ohni z chätsche. Nächär chöi si sech nümme bewege u schlafe sächs Monet, bis si fertig verdouet hei.»

I ha denn vil über di Urwald-Abetüür nacheddänkt, und i ha mit emne Farbstift my erschti Zeichnig gmacht. My Zeichnig Nummero 1. So het si usgseh:

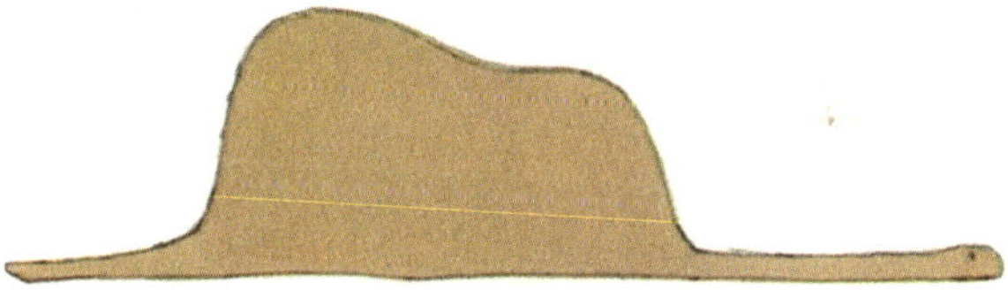

I ha de Grosse mys Meischterwärk zeigt u se gfragt, obs ne nid Angscht machi.

Si hei gseit: «Warum sötte mir vor mene Huet Angscht ha?»
Derby han i doch gar ke Huet zeichnet. Es isch d Riiseschlange gsi, wo ne Elefant verdouet. De han i ds Innere vo der Boa zeichnet, für de Grosse das klar z mache. Immer mues me ne alles erchläre. Hie isch my Zeichnig Nummero 2:

Di Grosse hei de gfunde, i würd gschyder mitem Zeichne vo offene und zuenige Riiseschlange ufhöre. I söll mi für Geografie, Gschicht, Rächne u Schrybe interessiere. So isch es cho, dass us mir nid e grosse Maler isch worde. Myni Zeichnige Nummero 1 u Nummero 2 hei ke Erfolg gha, u das het mer der Muet gno. Di Grosse verstö nie öppis vo sälber, u für d Chind isch es müesam, ne geng u geng wider alles z erchläre …

I ha also en andere Bruef müesse wähle u bi Flugzügpilot worde. Überall i der ganze Wält bin i umenandgfloge u würklech: D Geografie het mer gnützt. Uf ei Blick han i China vo Arizona chönne unterscheide. U das isch, we me sech i der Nacht verirrt het, ganz gäbig.

I ha i mym Läbe o vil mit ärnschthafte Lüt ztüe gha. I ha lang mit de Grosse zäme gläbt u ha se vo ganz naach gseh. Das het myre Meinig vo ne nid grad guet ta.

Wenn ig öpper ha troffe, wo mer chli häller isch vorcho, hanis mit myr Zeichnig Nummero 1 probiert. Die han i geng guet ufbewahrt. I ha albe wölle wüsse, ob mi da würklech öpper versteit. Aber immer han i zur Antwort übercho: «Das isch e Huet.» De han i albe nid vo Boas, Urwälder oder Stärne gredt. I ha so ta, wi wenn i das o so würd gseh. U de hei mer zäme über Bridge, Golf, Politik u Gravatte gredt. U mys Gägenüber isch zfride gsi, e so ne vernünftige Mönsch z kenne ...

II

So bin i de eleini gsi u ha mit niemerem richtig chönne rede. Bis vor sächs Jahr, won ig i der Wüeschti Sahara e Panne ha gha. Öppis im Motor isch kabutt ggange. U wül i weder Mechaniker no Passagier ha bi mer gha, han i mi sälber hinder di schwirigi Reparatur gmacht. Es isch um Läbe u Tod ggange. I ha nume für knappi acht Tag Trinkwasser bi mer gha.

Am erschten Abe bin i im Sand igschlafe. Tuusigi vo Meile wägg vo jedem bewohnte Fläcke. No vil meh elei als e Schiffsbrüchige ufeme Floss ir Mitti vom Ozean. Dir chöit nech vorstelle, win i gstuunet ha, wo d Sunnen ufggange isch und e komischi chlyni Stimm mi gweckt het. Si het gseit: ...

«Bitte ... zeichnisch mer es Schaf!»

«Hä!»

«Söllsch mer es Schaf zeichne ...»

I bi ufgjuckt, wi we mi der Blitz troffe hätti. I ha mer d Ouge gribe. I ha guet häregluegt. Und i han es chlyses, ganz komischs Mandli gseh, wo mi ganz ärnscht het gmuschteret. Da gseht me ds beschte Bild, won i später von ihm ha chönne mache. Aber my Zeichnig isch äbe nid so wunderbar, wi das, won i denn vor mer ha gseh. Das isch nid my Fähler. Di Grosse hei mer denn won i bi sächsi gsi der Muet gno, e Karriere als Maler z mache und i ha nüüt chönne zeichne als zuenigi und offeni Boas.

I ha also mit grossen Ouge das Wäse aagluegt. Eh ja: I bi ja tuusigi vo Meile wägg vo jedem bewohnte Fläcke gsi. U glych het das chlyne Mandli nid usgseh, wi wenn es sech hätt verloffe, o nid halb tot vor Müedigkeit, Hunger, Durscht oder Angscht. Es het überhoupt nid usgseh win es verlornigs Chind mitts ir Wüeschti, tuusigi vo Meile wägg vo jedem bewohnte Fläcke. Won i ändlech wider ha chönne rede, han i zuen ihm gseit:

«Aber ... was machsch de du da?»

Und äs het ganz sanft und ärnscht nomal gseit:

«Bitte ... zeichnisch mer es Schaf ...»

Wenn es Gheimnis z gross isch, fragt me nümme ‚warum?'. O wes mer schreeg isch vorcho. Tuusigi vo Meile wägg vo jedem bewohnte Fläcke und i Läbesgfahr win i bi gsi, han i glych e Bitz Papyr und e Fülli usem Sack gno. Aber de han i wider dra ddänkt, dass i mi vor allem mit Geografie, Gschicht, Rächne u Schrybe ha beschäftiget u ha chli mutz zum chlyne Mandli gseit, i chönni nid zeichne. Es het gantwortet:

«Das macht nüüt. Zeichne mer es Schaf.»

I ha no nie es Schaf zeichnet gha u ha drum eini vo dene beide Zeichnige gmacht, won i ha chönne. Die vo der zuenige Riiseschlange.

Und i ha gstuunet, wo ds chlyne Mandli mer het gantwortet: «Nei! Nei! I wott nid en Elefant inere Boa. E Boa isch sehr gfährlech und en Elefant bruucht vil Platz. Bi mir deheim isch alles chly. I bruuchen es Schaf. Zeichne mer es Schaf.»

Da han i zeichnet.

Ds Mandli het ufmerksam zuegluegt u de:

«Nei! Das isch scho sehr muderig. Mach es anders.»

I ha zeichnet:

My Fründ het brav glächlet u het nachsichtig gseit:

«Gäu, du weisch, das isch kes Schaf, das isch e Schafbock. Es het Hörner ...»

I ha nöi aagfange:

Aber o die Zeichnig het ihm nid passt:

«Das isch scho z alt. I bruuchen es Schaf, wo lang läbt.»

Itz isch mer der Geduldsfade grisse. Es isch höchschti Zyt gsi, der Motor usenand z nä. Also han i die Zeichnig da häregchriblet u ha ds Mandli aapfuret:

«Das isch d Chischte. Ds Schaf, wo du wosch, isch drin.»

I bi ganz erstuunt gsi, wo ds Gsicht vo mym junge Kritiker het aafa lüüchte:

«Ganz genau so han i mer das gwünscht. Was meinsch? Bruucht das Schaf ächt vil Gras?»

«Warum?»

«Wül bi mir deheim alls so chly isch ...»

«Es längt sicher. I ha dir es ganz

es chlyses Schaf gschänkt.»

Er het d Zeichnig vo ganz naach aagluegt:

«Nid emal so chly! – Jöö … es isch ygschlafe …»

So han i der chly Prinz lehre kenne.

III

I ha lang bruucht, bis i kapiert ha, vo wo dass er chunnt. Der chly Prinz het mir so vil Frage gstellt. Aber es isch gsi, wi wenn er myni Frage gar nie würdi ghöre. Nume so us näbeby verzellte Sache han i Bitz für Bitz sys Gheimnis erfahre. Zum Bispil denn, won er z erschte mal mys Flugzüg het gseh (nei, i zeichne my Flüger nid, das wär für mi e z komplizierti Sach) het er mi gfragt:

«Was isch das für nes komisches Züüg?»

«Das isch nid es komisches Züüg. Das flügt. Das isch es Flugzüg. Das isch mys Flugzüg.»

Und i bi stolz gsi, won ig ihm gseit ha, dass i cha flüge. Da het er grüeft:

«Was! Du bisch vom Himel gheit!»

«Ja.» Han i bescheide gseit.

«Das isch ja luschtig! …»

U de het der chly Prinz eso müesse gugele, dass i bi suur worde. I wett, dass me myni Flugunfäll ärnscht nimmt. De het er gseit:

«Du chunnsch also o vom Himel! U vo welem Planet bisch?»

Da isch mer es Liecht ufggange, was ds Gheimnis vo syr Aawäseheit aageit. Schnäll han i gfragt:

«De chunnsch du also vomene andere Planet?»

Aber er het ke Antwort ggä. Er het nume mys Flugzüg aagluegt u langsam der Chopf gschüttlet:

«Logisch. Uf däm Ding da chasch nid vo wyt här cho sy ...»

Er het lang vor sich häre gsinnet. De het er mys Schaf us em Sack gno u het sy Schatz still u verliebt aagluegt.

Dir chöit nech vorstelle, dass mi di Aadütig vo «andere Planet» het gwunderig gmacht. I ha also probiert, meh z erfahre:

«Vo wo chunnsch de du, chlyne Ma? Was heisst ‚bi dir deheime'? Wo häre wosch du mys Schaf mitnäh?»

Nachere nachdänkleche Pouse het er mer gantwortet:

«Di Chischte, wo du mer hesch gschänkt isch gäbig. Ir Nacht cha mys Schaf se als Huus bruuche.»

«Klar. U we du mi lieb fragsch, schänken i dir o nes Seili fürs aazbinde. Und e Pflock.»

Das het der chly Prinz richtig entsetzt:

«Aabinde? Nei so öppis!»

«Aber we du dys Schaf nid aabindsch, geits uf u dervo u verlouft sech.»

My Fründ het wider aafa gugele:

«U wo, bitte, söttis häre loufe?»

«Irgendwo häre. Eifach graduus ...»

Ganz ärnscht het der chly Prinz druf gseit:

«Das macht doch nüüt, es isch so winzig bi mir deheim!»

U vilech isch da e truurige Unterton derby gsi, won er het gmacht: «Graduus cha me überhoupt nid wyt loufe ...»

IV

I ha also öppis Zwöits sehr Wichtigs erfahre: Der Planet, won er isch härcho, isch chuum grösser gsi als es Huus!

Das het mi wyter nid erstuunt. I ha ja gwüsst, dass es näb de grosse Planete wi Ärde, Jupiter, Mars, Venus, wo ne Name hei übercho, no Hunderti vo andere Planete git, wo zum Teil so chly sy, dass me Müe het, se im Fernrohr überhoupt z gseh. Wenn en Astronom so eine entdeckt, git er ihm statt emne Name es Nummero. De heisst er zum Bispil: «Asteroid Nummero 325».

I ha gueti Gründ aaznä, dass der chly Prinz vom Asteroid B 612 isch cho. Dä Asteroid isch es einzigs Mal mit em Fernrohr gseh worde. 1909, vomene türkische Astronom.

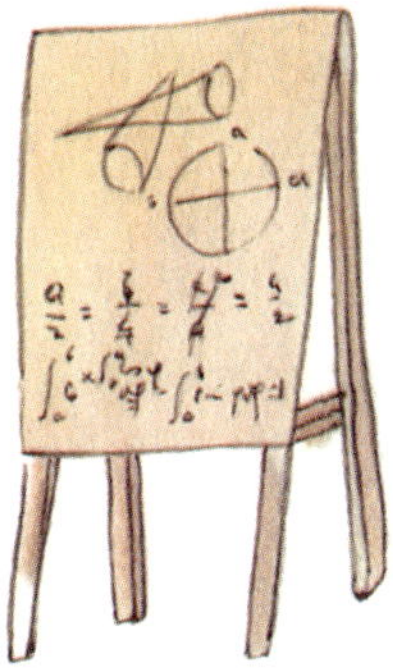

Bimene internationale Astronome-Kongräss het dä e grosse Vortrag über sy Entdeckig ghalte. Aber niemer het ihm gloubt, wäg syr Aalegi. Di Grosse sy halt eifach eso.

Zum Glück für ds Aasehe vom Asteroid B 612 het e türkische Diktator sym Volk under Aadrohig vor Todesstraf befole, nume no i europäische Chleider derhär z cho. Der Astronom het sy Vortrag 1920 es zwöitsmal ghalte. Dasmal i sehr elegante Chleider. Und itz hein ihm alli Rächt ggä.

Warum ig öich di Einzelheite übere Asteroid B 612 verzelle und öich sys Nummero aavertroue? Es isch wäg de Grosse. Di Grosse hei gärn Zahle. We dir vomene nöie Fründ verzellet, frage si nie nach däm, wo würklech wichtig isch. Si säge nie: «Wi tönt sy Stimm? Was spilt er am liebschte? Sammlet er Schmätterlinge?» Si frage nech: «Wi alt isch er? Wivil Gschwüschterti het er? Wi schwär isch er? Wivil verdient sy Vater?» U nächär meine si, si wüssi Bscheid. We dir de Grosse säget:

«I han es schöns Huus us rote Ziegelsteine gseh, mit Granium vor de Fänschter u Tuben ufem Dach ...» de chöi si sech das Huus nid vorstelle.

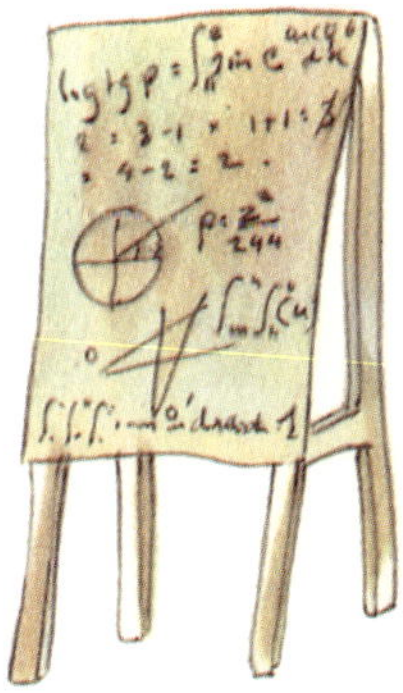

Me mues säge: «I han es Huus gseh, wo hunderttuusig Franke wärt isch.» U de brüele si: «So schön!»

U we dir ne säget: « Der Bewys, dass es der chly Prinz ggä het, isch, dass er so schnusig isch gsi, dass er het gugelet u dass er es Schaf het wölle. We men es Schaf wott, isch das doch der Bewys, dass es eim git.» De zucke si d Achsle u behandle nech wi Chind! Aber we dir chöit säge: «Der Planet, won er isch härcho isch der Asteroid B 612», de wärde sis gloube u nech mit ihrne Frage i Rue la. So sy si. Me darf nes nid übel nä. Chind müesse vil Geduld ha mit de Grosse.

Klar: Mir wo ds Läbe würklech verstö, chöi über di Zahlebygerei nume lache. Eigetlech hätt i di Gschicht lieber so aafa verzelle, win es Märli. Am liebschte hätt i gseit:

«Es isch emal e chlyne Prinz gsi. Dä het uf emne Planet gwohnt, wo chuum grösser isch gsi, als är sälber. Und er hätti gärn e Fründ gha ...» Für die, wo ds Läbe würklech verstö, hätt das vil ächter tönt.

I wetti nid, dass me nume so über mys Buech ewägg list. Mys Härz isch schwär, wenn i mi a das zrügg bsinne, wo denn isch gsi. Scho sächs Jahr isch es här, dass my Fründ mit sym Schaf isch furt ggange. Wenn i hie probiere ne z beschrybe, isch es wül i ne nid wott vergässe. Es isch truurig, we men e Fründ vergisst. Nid jede het e Fründ. Und i chönnt uf z mal so wärde wi di Grosse, wo sech nume no für d Zahle interessiere. Drum han i mer e Malchaschte u Farbstifte gchouft. Es isch schwär, we me i mym Alter no einisch aafat mitem Zeichne. Di einzige Versueche bis derthäre sy ja die vo der zuenige u der offnige Boa gsi, won i als Sächsjährige ha gmacht! Natürlech probieren i, müglechscht gnaui Bilder z mache. Aber i bi nid ganz sicher, obs mer wird glinge. Einisch glingts, einisch geits dernäbe. Mängisch stimmen o d Grösseverhältnis nid. Bim einte Bild isch der chly Prinz z gross. Bim andere wider z chly. Zwyfel han i o wäge der Farb vo syne Chleider. So chnorzen i und es geit meh schlächt als rächt. I wirde mi äuä o bi wichtige Details tüüsche. I hoffe, dir heit Verständnis. My Fründ het nie öppis erchlärt. Er het vilech ds Gfüel gha, i syg win är. Aber leider isch das nid eso: I cha ds Schaf nid gseh, wes i der Chischte inne isch. Vilech bin i halt glych e chli wi di Grosse. Me wird halt äben elter.

V

Jede Tag han i öppis Nöis erfahre über dä Planet, übere Ufbruch und über d Reis. Das het sech ganz süüferli ergä, us myne Überlegige use. Am dritte Tag han i ds Drama rund um d Affebrotböim erfahre.

Und o das han i em Schaf z verdanke gha. Der chly Prinz het mi nämlech uf ds Mal ganz verunsicheret gfragt: «Stimmt doch, dass d Schaf o Strüücher frässe?»

«Ja, das isch eso.»

«Ah, bin ig froh!»

I ha nid kapiert, warum es so wichtig söll sy, dass es Schaf Strüücher frisst. Aber der chly Prinz het wytergfahre:

«De frässe si also o Affebrotböim?»

I ha em chlyne Prinz längs u breits probiert z erchläre, dass Affebrotböim keni Strüücher, sondern chilchturmhöchi Böim sy. Er chönnti e ganzi Herde Elefante mitnäh u sogar die würdi nid emal mit eim einzige Affebrotboum fertig. Das het er luschtig gfunde:

«Di Elefante müesst me ja schyterbigele ...»

U gschyd het er gseit:

«Bevor d Affebrotböim so riisig sy, fat jede ganz chly aa.»

«Das isch wahr. Aber warum sölle dyni Schaf di chlyne Affebrotböim frässe?»

Er het zur Antwort ggä: «Item. Mir gsehs de!» Wi we alls ganz eifach wär. Für mi isch es alls andere als eifach gsi und i ha lang müesse hirne, bis i bi druf cho.

Uf em Planet vom chlyne Prinz hets, so wi überall, gueti Pflanze u schlächti Pflanze. Also o gueti Sämli vo de guete Pflanze u schlächti Sämli vo de schlächte Pflanze. Sämli gseht me nid. Si schlafe still i der Ärde bis es amene Samechorn i Sinn chunnt, es chönnti erwache. De streckt es sech u trybt es schüüchs, härzigs, chlyses Blettli ad Sunne. Ganz harmlos. Wes es Radiisli oder e Rosetriib isch, wo da chunnt, de chasch se la wachse

wi si wei. Aber wes es Gjätt isch, muesch es früe gnue usrupfe. Grad denn, we me merkt, was es druus wird gä. Uf em Planet vom chlyne Prinz hets fürchterlechi Same ggä ... äbe die vom Affebrotboum. Der Bode vom Planet isch graglet voll gsi vo dene.

We me so ne Pflanze z spät entdeckt, wird me se nie meh los. Der Affebrotboum überwuecheret der ganz Planet. Syni Wurzle breite sech überall häre uus u wenn e Planet z chly isch und es het zvil Affebrotböim, de sprängts der Planet.

«Es isch alles e Frag vor Disziplin», het mer später der chly Prinz gseit. «We me sech am Morge zwäg gmacht het, mues me genau so sorgfältig der Planet zwäg mache. Es mues halt eifach sy. Me mues di Keimlinge vo de Affebrotböim usrupfe, sobald me se vo de Rosetriibe cha unterscheide. Dene glyche si nämlech, we si no jung sy. Es isch e längwyligi Arbeit, aber o ne liechti.»

Einisch amene Tag het er mer grate, i söll mer Müe gä und e schöni Zeichnig dervo mache. Dass es de Chind besser blybt. «We si de mal uf Reise gö», het er gseit, «chunnts ne z guet. Mängisch machts ja o nüüt, we me d Arbeit chli lat la lige. Aber wes um Affebrotböim geit, füert das id Katastrophe. I han e Planet kennt, dert het e Fuulpelz gwont. Er het drei Strüücher vernachlässiget ...»

U so han i de dä Planet nach den Aagabe vom chlyne Prinz zeichnet. I wott ja nid morale. Aber es isch so wenig über d Gfährlechkeit vo den Affebrotböim bekannt, u ds Risiko, wo me ygeit, we me sech ufene Asteroid verirrt u nid ufpasst, isch so gross, dass i hie nid anders cha. I sägen öich: «Chinder! Passet uuf wäg den Affebrotböim!» Für myni Fründe uf di Gfahr ufmerksam z mache, di unerchanti Gfahr, wo üs alli bedroht, han i so lang a dere Zeichnig gschaffet. D Müe het sech glohnt, wenn i dänke wi wichtig das isch, wo me drus cha lehre. Vilech fraget dir öich itz: Warum hets i däm Buech nid no meh so grandiosi Zeichnige wi die vo de Affebrotböim? D Antwort isch eifach: I has probiert. Aber es isch nid ggange. Denn, won i d Affebrotböim ha zeichnet, bin i über mi use gwachse, wül i ha gspürt, dass i öppis ganz Wichtigs mache.

VI

Ah! Chlyne Prinz, naadisnaa han i dys schwäre Läbe afa versta. Lang hesch du di nume mit de sanfte Sunnenundergäng chönne ablänke. Das han i am Morge vom vierte Tag erfahre. Denn hesch gseit:

«I ha d Sunnenundergäng so gärn. Chumm mit mer e Sunnenundergang cho aaluege ...»

«Da müesse mer aber no warte ...»

«... uf was warte?»

«Ja äbe: Bis d Sunne undergeit.»

Zersch hesch es erstuunts Gsicht gmacht u nächär hesch über di sälber müesse lache. U du hesch zue mer gseit:

«I meine geng, i syg deheime!»

Klar: Wes z Amerika Mittag isch, geit d Sunne z Frankrych under. We men e Sunnenundergang wetti gseh, müessti me inere Minute uf Frankrych ga. Frankrych isch für das aber leider zwyt ewägg. Aber uf dym winzige Planet hets glängt, we du dy Stuel wider es paar Schritte wyter äne hesch häregstellt. U de hesch es gseh ynachte, so mängisch de hesch wölle ...

«Mal han i d Sunne vierevierzg mal gseh underga!»

U chli speter hesch no gseit:

«Weisch ... we me fescht truurig isch, bruucht men e Sunnenundergang ...»

«Denn mit dene vierevierzg Mal: Bisch denn däwä truurig gsi?»

Aber der chly Prinz het gschwige.

VII

Am füfte Tag het mer wider ds Schaf ghulfe, em chlyne Prinz sys Läbensgheimnis z erfahre. Er het mi uf z mal gredi use gfragt, so wi wenn er d Lösig vomene Problem hätti gfunde, won er lang drüber bbrüetet het:

«Wenn es Schaf Strüücher frisst, frissts de o Blueme?»

«Es Schaf frisst, was ihm vor ds Muul chunnt.»

«O Blueme, wo Dorne hei?»

«Ja. O Blueme wo Dorne hei.»

«Für was hei si de d Dorne?»

I has nid gwüsst. I ha grad amene Bolze vo mym Motor ume gmurggset, wo z fescht isch aazoge gsi.

Es het mer grossi Sorge gmacht, wül i geng meh ha ds Gfüel übercho, der Motorschade sygi zimlech schlimm u ds Trinkwasser isch meh u meh em Änd zue ggange.

«Für was sy de d Dorne guet?»

Der chly Prinz het nie e Frag la gheie, wenn er se mal het gstellt gha. I bi völlig beschäftiget gsi mit mym Bolze u ha drum eifach irgendöppis zur Antwort ggä:

«D Dorne sy für gar nüüt guet. D Blueme lö se us reiner Boshaftigkeit la wachse.»

«Oh!»

Stilli. Aber nächär het er mer chli verergeret entgäge gha:

«Gloub i dir nid! D Blueme sy so schwach. Si hei nie nüüt Böses im Sinn. Si schütze sech nume, so guet si halt chöi. Si meine, si syge gfährlech, we si Dorne hei ...»

I ha nüüt gseit. I ha nume für mi ddänkt: ‚We dä Bolze no lang chlemmt, brätschen i dä Cheib mitem Hammer use.'

Der chly Prinz het wider aagfange:

«... u du gloubsch also, dass d Blueme ...»

«Nei! Nei! U nomal nei! Nüüt glouben i. I ha halt eifach irgend öppis gseit. I ha halt Ärnschthafters z tüe!»

Ganz stober het er mi aagluegt.

«Ärnschthafters!»

Er het mi gmuschteret: Der Hammer i der Hand, d Finger schwarz vom Schmieröl, win i mi da über nes gruusigs Ding ha bückt.

«Du redsch ja wi di Grosse!»

I ha mi chli gschämt. Und er het no grad eis drufggä:

«Du lyrisch, du bringsch alls dürenand!»

Er isch würklech sehr verergeret gsi. Er het der Chopf gschüttlet, dass syni guldige Haar im Wind gfloge sy:

«I kennen e Planet, won e chnütschrote Herr huset. Er het no nie anere Blueme gschmöckt. Er het no nie e Stärn aagluegt. Er het no nie öpper gärn gha. Er het no nie öppis anders gmacht, als Zahle bbyget. U der ganz Tag seit er so wi du: ‚I bin en ärnschthafte Maa! I bin en ärnschthafte Maa!', u pluschteret sech geng meh uuf. Aber er isch gar ke Maa, er isch e Pilz.»

«Was isch er?»

«E Pilz!»

Der chly Prinz isch itz ganz bleich gsi vor Wuet.

«Sit Millione vo Jahr lö sech d Blueme Dorne la wachse. Sit Millione vo Jahr frässe d Schaf d Blueme trotzdäm. U we me probiert z versta, warum dass sich d Blueme so Müe gäbe, Dorne la z wachse, wo ne doch gar nüüt nütze, de söll das nid ärnschthaft sy? Isch der Kampf zwüsche Schaf u Blueme nid wichtig? Isch das weniger ärnschthaft als wenn e dicke, rote Maa Zahle byget? U wenn ig e Blueme kenne, wos numen einisch git, niene süsch als uf mym Planet, u wenn es chlyses Schaf, ohni z wüsse, was es macht, di Blueme einisch amene Morge mit eim einzige ‚Happ' frisst:

Isch de das nid wichtig?! Itz isch er rot aagloffe u het wytergfahre:

«We öpper e Blueme gärn het, wos nume eis einzigs Mal uf all dene Millionen u Abermillione vo Stärne git, de längts eim, zu dene Stärne ufe z luege u me isch glücklech. Me seit sech: ‚Irgendwo da obe isch my Blueme, irgendwo ...' Aber wenn ds Schaf di Blueme frisst, isch das, wi we plötzlech alli Stärne würde verlösche! U das söll nid wichtig sy?!»

Er het nüüt meh chönne säge. Ds Gränne het ne erhudlet. Es isch am ynachte gsi. I ha myni Wärchzüg wäggleit. My Hammer, my Bolze, my Durscht u der Tod, alls isch mer egal gsi. Da, ufeme Stärn, eme Planet, uf mym Planet, uf der Ärde hets e chlyne Prinz gha, wo me het müesse tröschte! I ha ne id Arme gno. Ha ne puttelet. Han ihm ids Ohr gchüschelet: «Dy liebi Blueme isch nid i Gfahr ... I zeichnen ihm e Muulchorb, dym Schaf ... I zeichne dir e Zuun für um d Blueme ... I ...» I ha nümme gwüsst, was säge. I bi mer so ungschickt vorcho. I ha nid gwüsst wie mache, dass är i myr Wält blybt oder das ig i sy Wält cha ynecho ... Ds Land vo de Träne isch so voll Gheimnis.

VIII

Scho gly han i di Blueme besser lehre kenne. Es het uf em Planet vom chlyne Prinz scho geng Blueme ggä. Ganz eifachi mit numen eim Chranz vo Blüetebletter. Si hei chuum Platz bruucht u hei o niemer gstört. Amene Morge sy si im Gras zum Vorschyn cho und am glychen Abe sy si wider verwelkt. Aber bi dere Blueme isch es anders gsi: Useme Sämli, wo vo weiss nid wo isch cho, isch das Pflänzli gwachse. Di Pflanze het den andere Pflanze gar nid gliche u der chly Prinz het se ganz genau überwacht. Wär weiss, obs nid e nöji Art Affebrotboum isch. Aber der Struuch het gly ufghört wachse und e Blüete het sech parat gmacht. Der chly Prinz het zuegluegt, wi sech da en enormi Chnoschpe het bildet. Er het scho gspürt, dass da öppis Wunderbars passiert. Aber d Bluemeblüete het nid chönne ufhöre sech i ihrem grüene Zimmer schön z mache. Si het sorgfältig ihri Farbe gwählt. Si het sech süüferli aagleit, si het jedes Blüeteblatt einzeln püschelet. Si het nid so verchruglet wölle usecho wi d Mohnblüete. Si het numen i der prächtigschte Schönheit wölle erschyne. Eh, ja! Si het wölle gfalle! Si het mänge Tag bruucht, für sech schön z mache. U de, amene Morge, grad zur Zyt vom Sunnenufgang, het si sech zeigt.

U si, wo sech so sorgfältig usepützerlet het gha, het ginet u gseit:

«Ah! I bi no chli verschlafe … I bitten um Entschuldigung … I bi no ganz verhürschet …»

Der chly Prinz het syr Bewunderig müesse Luft mache:

«Oh, wi syt Dir schön!»

«Gället?» het d Blueme sanft gseit. «Und i bi glychzytig mit der Sunne gebore …»

Der chly Prinz het scho gmerkt, dass si äuä nid grad bescheiden isch. Aber ihri Erschynig isch o so ufregend gsi.

«I glouben es isch Zyt für nes Zmorge.» Het si de gseit. «Wäret Dir ächt so guet, a mi z dänke …»

Ganz zunderobsi het der chly Prinz e Sprützchanne mit früschem Wasser greicht u het d Blueme bedient.

So het si ne du scho gly mit ihrer chli mehbesseren Art aafa plage. Einisch zum Bischpil, wo si vo ihrne vier Dorne het gredt, het si zum chlyne Prinz gseit: «Si sölle nume cho, di Tiger mit ihrne Chralle!»

«Es git keni Tiger uf mym Planet», het der chly Prinz gseit, «u überhoupt frässe d Tiger kes Chrut.»

«I bi kes Chrut», het d Blueme sanft gantwortet.

«Exgüsee ...»

«I ha ke Angscht vor de Tiger, aber i findes furchtbar, wes ziet. Hättet Dir vilecht e Paravent?»

‚E Pflanze, wos furchtbar findet, wes ziet. Das isch ja scho no der Bescht', het der chly Prinz gfunde. ‚Di Bluemen isch ja zimlech kompliziert ...'

«Am Abe müesset Dir mi under ne Glasglogge stelle. Es isch sehr chalt bi Öich. Das isch schlächt ygrichtet. Dert, won ig härchume ...» Aber de het si sech unterbroche. Si isch

ja als Samechorn derhär cho. Si het also gar nüüt vo den andere Wälte chönne wüsse. Si het sich chli scheniert, dass si sech bi sonere dumme Lugi het la verwütsche u het zwöi- drümal ghüeschtlet, füre chly Prinz ids Unrächt z setze:

«Der Paravent ...?»

«I wär ne ja scho ga hole, aber Dir heit mit mer gredt!»

Da het si nomal es Hüeschtle füretrückt für em chlyne Prinz glych es schlächts Gwüsse z mache.

Trotz em guete Wille vo syr Liebi, het der chly Prinz gly mal a dere Blueme zwyflet. Er het ihri allergwöhnlechschte Wort ärnscht gno und isch sehr unglücklech worde.

«I hätti gar nid sölle härelose», het er mer mal gseit. «Me mues nie uf d Blueme lose. Es längt, we me se aaluegt und ane schmöckt. Myni het my ganz Planet parfümiert, aber i ha mi nid rächt drüber chönne fröie. Di Gschicht mit de Chralle, wo mi so het gergeret, hätt mi eigetlech sölle rüere.»

U de het er mer no verrate:

«I ha das denn nid chönne! I hätt ihri Tate u nid ihri Wort sölle beurteile. Si het für mi duftet. Si het für mi glüüchtet. I hätt nie sölle furt ga! I hätti müesse merke, wivil Zärtlechkeit hinder dene armseelige Trickli steckt. D Blueme sy so widersprüchlech. Aber i bi z jung gsi, für se glych chönne gärn z ha.»

IX

I gloube, er het für sy Flucht e Schwarm vo wilde Vögel bruucht, wo verbygflogen isch. Am Morge, bevor er isch ggange, het er sy Planet no schön ufgruumt. Er het sorgfältig syni aktive Vulkane gruesset. Zwee sys gsi. Die sy gäbig gsi für ds Zmorge warm z mache. Und er het o no en erloschene Vulkan gha. «Aber me cha ja nie wüsse ...» het der chly Prinz gseit, u het o der erloschnig Vulkan no gruesset. Wenn e Vulkan guet gruesset isch, brönnt er sanft u regelmässig, ohni Usbrüüch. E Vulkanusbruuch isch ds glyche win e Chemibrand. Klar: Mir hie sy vil z chly, für ne Vulkan z ruesse. Drum hei mer o so Problem mit ne.

Der chly Prinz het o mit ere gwüsse Wehmuet di jüngschte Triibe vo de Affebrotböim usgrisse. Er het nid dra gloubt, dass er mal müessi zrüggcho. Aber alli di vertroute Arbeite syn ihm a däm Morge unwahrschynlech liecht vorcho. U won er zum letschte Mal der Blueme het Wasser ggä u se het wölle under ihri Glasglogge stelle, het er gmerkt, dass ihm ds Gränne z vorderscht isch gsi.

«Adiö», het er zur Blueme gseit.

Aber si het nid gantwortet.

«Adiö», het er widerholt.

D Blueme het ghueschtet. Aber nid wäg ihrer Ercheltig.

«I bi tumm gsi» het si schliesslech gseit. «I wett mi entschuldige. Lueg, dass du chasch glücklech sy.»

Er het gstuunet, dass keni Vorwürf sy cho. Ganz dürenand isch er da gstande, d Glasglogge no i der Hand. Er het di rueigi Sanftmuet nid verstande.

«Weisch, i ha di gärn», het d Blueme gseit. «Es isch my Fähler,

dass du nüüt dervo hesch gmerkt. Isch ja o glych. Aber du bisch glych tumm gsi win ig. Lueg, dass du glücklech chasch sy ... La di Glasglogge la Glasglogge sy. I wott se nümme.»

«Aber der Wind ...»

«So starch ercheltet bin i o wider nid ... Di früschi Luft i der Nacht tuet mer guet. I bin e Blueme.»

«Ja, aber d Tier ...»

«I gloub, i mues zwo oder drei Roupe ertrage, wenn i d Schmätterlinge wott lehre kenne. Di syge schynts so schön. Und überhoupt: Wär wird mi süsch bsueche? Du wirsch wyt wägg sy. U was di grosse Tier aageit: I ha ke Angscht. I ha myni Chralle.» U si het tröihärzig ihri vier Dorne gspienzlet. De het si gseit: «Mach nid so lang! Das isch ergerlech. Du hesch beschlosse, dass du geisch. De gang.»

Si het nid wölle, dass der chly Prinz se gsei gränne. Es isch so ne stolzi Blueme gsi.

X

Er isch irgendwo ir Nechi vo den Asteroide 325, 326, 327, 328, 329 u 330 gsi. Also het er dermit aagfange, die z bsueche für dass er öppis ztüe heig u öppis lehri.

Uf em erschte het e Chünig gwohnt. Der Chünig isch in Purpur und Hermelin uf eme sehr eifache u trotzdäm majestätische Thron gsässe.

«Ah! En Untertan!» het der Chünig grüeft won er der chly Prinz bemerkt het. U der chly Prinz het sech gfragt: «Wiso kennt er mi, wenn er mi doch no gar nie het gseh!»

Er het nid gwüsst, dass d Wält für d Chünige ganz eifach isch: Alli Mönsche sy Untertane.

«Chumm dahäre, dass i di besser cha aaluege», het der Chünig gseit und isch ganz stolz gsi, ändlech öpperem sy Chünig z sy.

Der chly Prinz het umenand gluegt, won er chönnti häresitze, aber der ganz Planet isch zuedeckt gsi vom chünigleche Hermelinmantel. Drum isch er blybe sta u wül er müed isch gsi, het er ginet.

«Es isch gäge d Etikette ir Aawäseheit vomene Chünig z gine», het der Monarch gseit. «I verbiete dirs.»

«Aber i cha nid anders», het der chly Prinz ganz zunderobsi gantwortet. «I ha ne längi Reis hinder mir und i ha nid gschlafe ...»

«Guet», het der Chünig gseit, «de befilen i dir z gine. I ha sit Jahre niemer meh gseh gine. Gine isch für mi e Sälteheit. Hü! Söllsch gine. Das isch e Befähl.»

«Das macht mer Angscht, itz chan i grad nümm ...» der chly Prinz isch ganz rot worde.

«Hem! Hem!» het der Chünig gmacht. «I däm Fall ... de befilen i dir, hie und da z gine u hie und da ...»

Er het no irgendöppis brümelet und isch allem aa verergeret gsi.

Der Chünig het nämlech vil druf ggä, dass me sy Outorität respektieri. Dass me nid folget, das het er nid möge verlyde. Er isch en absolute Monarch gsi. Aber wül er e ganz e guete Chünig isch gsi, het er vernünftigi Befähle ggä.

«Wenn i amene General würd befäle, er sölli sich ine Seevogel verwandle, u dä General würdi mir nid folge, de wär das nid em General sy Fähler, es wär myne.» Het der Chünig albe gseit.

«Darf i absitze?» het der chly Prinz schüüch gfragt.

«I befile dir, abzsitze», het der Chünig gantwortet, und e Zipfel vo sym Hermelinmantel majestätisch neecher zue sech häre zoge.

Der chly Prinz het gstuunet: Dä Planet isch winzig gsi. Über was het der Chünig de überhoupt chönne regiere?

«Majeschtät, bitte entschuldiget, dass i Öich öppis frage ...»

«I befile dir, mi z frage», het der Chünig hurtig gseit.

«Majeschtät, über was herrschet Dir eigetlech?»

«Über alles», het der Chünig ganz simpel gseit.

«Über alles?»

Der Chünig het e diskreti Handbewegig gmacht, wo sy Planet, di andere Planete u d Stärne het ygschlosse.

«Über all das?» het der chly Prinz gfragt.

«Über all das ...» het der Chünig gantwortet.

Er isch nid numen en absolute Monarch gsi, er isch en universelle Monarch gsi.

«U d Stärne: Folge si?»

«Sälbschtverständlech», het der Chünig gseit. «Si folgen uf ds Wort. I dulde ke Disziplinlosigkeit.»

So vil Macht het der chly Prinz verwunderet. Wenn er sälber so vil Macht hätti gha, hätt er nid nume vierevierzg, sondern zwöiesibezg oder sogar hundert, oder sogar zwöihundert mal am Tag em Sunnenundergang chönne zueluege, ohni dass er sy Stuel hätti müesse verschiebe. U wül er bim Gedanke a sy Planet, won er verla het chli

truurig worden isch, het er sy Muet zäme gno u het der Chünig um ne Gfalle bbätte:

«I wett e Sunnenundergang gseh … Machet mer doch di Fröid … befälet der Sunne, si söll underga …»

«Wenn i emene General würdi befäle, er sölli win e Schmätterling vo Blueme zu Blueme flüge, oder e Tragödie schrybe, oder sich i ne Seevogel verwandle: Wäm sy Fähler wärs de, we der General dä Befähl nid würd usfüere? Syne oder myne?»

«Es wär Öie Fähler», het der chly Prinz ganz klar gseit.

«Genau. Me mues vo jedem das verlange, won er o cha leischte», het der Chünig bestätiget. «Outorität beruet vor allem uf Vernunft. We du dym Volk befilsch, es söll sich ids Meer stürze, wirds e Revolution aazettle. I cha verlange, dass me mir folget, wül myni Befähle vernünftig sy.»

«Und itz my Sunnenundergang?» het ne der chly Prinz no einisch gmahnet. Er het äbe nie e Frag la gheie, wenn er se mal gstellt gha het.

«Du söllsch dy Sunnenundergang übercho. I wirde ne befäle. Aber uf Grund vo myre Regierigserfahrig warten i dermit, bis d Bedingige günschtig sy.»

«Wenn wird das sy?» het der chly Prinz wölle wüsse.

«Hem! Hem!» het der Chünig gmacht u zersch e grosse Kaländer gstudiert. «Hem! Hem! Das wird so öppe ... öppe ... so gäg di zwänzg vor achti hüt am Aabe sy! U du wirsch gseh, wi me mir folget.»

Der chly Prinz het ginet. Der verpasst Sunnenundergang het ne gröit. Es isch ihm scho chli längwilig gsi.

«I ha hie nüüt meh z tüe», het er zum Chünig gseit. «I ga mal wider!»

«Nei, gang nid!» Het der Chünig gantwortet. Er isch so stolz gsi, en Untertan z ha. «Gang nid. I mache di zum Minischter!»

«Minischter vo was?»

«I mache di zum ... Justizminischter!»

«Aber es isch niemer da, wo me müesst richte!»

«Das weiss me nid», het der Chünig gseit. «I ha no nie e Rundi um mys ganze Chünigrych gmacht. I bi sehr alt und es het hie ke Platz für ne Gutsche. Und i wirde müed vom Loufe.»

«Oh! Aber i has scho gseh. O da äne isch niemer ...», het der chly Prinz gseit, won er sech übere bückt het, für ne Blick uf di anderi Syte vom Planet z wärfe.

«De wirsch über di sälber richte», het der Chünig gseit. «Das isch ds Schwärschte überhoupt. Es isch vil schwiriger über sich sälber z richte, als über anderi. We du über di sälber grächt chasch urteile, isch das es Zeiche vo Wysheit.»

«I cha überall über mi urteile. Für das mues i nid hie wohne», het der chly Prinz gseit.

«Hem! Hem!» het der Chünig gmacht. «I gloube, irgendwo uf mym Planet gits en alti Ratte. I ghöre se alben ir Nacht. Du wirsch über di alti Ratte richte. Vo Zyt zu Zyt wirsch se zum Tod verurteile. So wird ihres Läbe vo dyre Rächtsprächig abhange. Aber du wirsch se jedesmal begnadige für se ufzspare. Es het nume di einti.»

«I wott niemer zum Tod verurteile, und i gloube, i ga itz», het der chly Prinz gantwortet.

«Nei», het der Chünig gseit.

Aber der chly Prinz het scho alles parat gmacht gha. Er het em alte Monarch nid wölle weh tue:

«We Öji Majeschtät Wärt druf leit, dass me uf ds Tüpfli folget, chönnt Öji Majeschtät mir e vernünftige Befähl gä. Öji Majeschtät chönnt mer zum Bischpil befäle, innert eire Minute z verschwinde. I gloube, d Umständ wäre grad günschtig ...»

Der Chünig het gschwige. Der chly Prinz het e Momänt zögeret, de het er gsüfzget und isch ggange ...

«I mache di zu mym Botschafter», het ihm da der Chünig no nachegrüeft.

Er het sehr mächtig gwürkt.

«Di Grosse sy mängisch kurlig», het sech der chly Prinz uf syre Reis gseit.

XI

Ufem zwöite Planet het e Plagööri gwohnt.

«Ah! Ah! Da chunnt e Bewunderer z Bsuech!» het der Plagööri scho vo wytem grüeft, won er der chly Prinz het gseh.

Für ne Plagööri sy alli andere Lüt Bewunderer.

«Grüessech», het der chly Prinz gseit. «Dir heit de ne komische Huet.»

«Dä isch zum Grüesse», het der Plagööri gantwortet. «Zum Grüesse, we mir öpper zuejublet. Leider chunnt hie nie öpper verby.»

«Ah ja?» het der chly Prinz gseit, wos nid ganz kapiert het.

«Chlatsch id Händ», het der Plagööri grate.

Der chly Prinz het gchlatschet. Der Plagööri het sy Huet chli glüpft und eso bescheide ggrüesst.

«Das isch unterhaltsamer als der Bsuech bim Chünig», het sech der chly Prinz gseit. Und er het wider id Händ gchlatschet. Der Plagööri het wider der Huet glüpft zum Gruess.

Nach füf Minute isch em chlyne Prinz di Üebig verleidet. Das isch es längwyligs Spil gsi:

«U was mues me mache, für dass der Tschäppu abegheit?» het er gfragt.

Aber der Plagööri het ne nid ghört. E Plagööri ghört nume d Lobhudeleie.

«Bewunderisch mi würklech sehr?» het er vom chlyne Prinz wölle wüsse.

«Was bedütet ‚bewundere'?»

«Bewundere heisst merke, dass ig der schönscht Maa bi, am beschte aagleit bi, der rychscht u der gschydscht vom ganze Planet.»

«Aber du bisch doch elei uf dym Planet!»

«Bis so nätt u bewundere mi trotzdäm!»

«I bewundere di», het der chly Prinz gseit u d Achsle chli glüpft, «aber warum isch dir das wichtig?»

U der chly Prinz isch wyter greiset.

«Di Grosse sy würklech ganz komisch», het der chly Prinz uf syre Reis nume so zu sich sälber gseit.

XII

Ufem nächschte Planet het e Süffel gwohnt. Dä Bsuech isch zwar nume ganz churz gsi, aber der chly Prinz het sech drab schier müesse hintersinne:

«Was machsch du da?» het er der Süffel gfragt, wo still hinder ere Zylete lääre und volle Fläsche ghocket isch.

«I suuffe» het der Süffel mit fyschterem Gsicht umeggä.

«Warum suufsch?» hets der chly Prinz wunder gno.

«Für z vergässe», het der Süffel zur Antwort ggä.

«Für was z vergässe?» het der chly Prinz gfragt u der ander het ne scho duuret.

«Für z vergässe, dass i mi schäme», het der Süffel zueggä u het der Chopf la hange.

«Warum schämsch di?» het der chly Prinz wölle wüsse. Er hätt ihm gärn ghulfe.

«I schäme mi, wül i suuffe!» het der Süffel gseit und isch de ändgültig im Schwige versunke.

U der chly Prinz isch ganz z underobsi wyter.

«Di Grosse sy würklech ganz, ganz merkwürdig», het er zu sich sälber gseit uf syre Reis.

XIII

Der viert Planet isch dä gsi vomene Gschäftsmaa. Dä Maa isch so beschäftiget gsi, dass er nid emal der Chopf het ufgha, wo der chly Prinz isch aacho.

«Grüessech», het der chly Prinz zuen ihm gseit. «Öji Zigarette isch usggange.»

«Drü u zwöi sy füf. Füf u sibe zwölf. Zwölf u drü füfzäh. Grüessech. Füfzä u sibe zwöiezwänzg. Zwöiezwänzg u sächs achtezwänzg. Ke Zyt für se wider aaz zünte. Sächsezwänzg u füf einedryssg. Uff! Das macht also füfhundertei Million sächshundertzwöiezwänzg Tuusig sibehunderteinedryssg.»

«Füfhundert Millione vo was?»

«Hä? Geng no da? Füfhundertei Million vo ... i weiss es doch o nümme ... i ha so vil ztüe! I bin en ärnschthafte Mönsch. I beschäf-

tige mi nid mit Ginggeläär-Züüg! Zwöi u füf sibe ...»

«Füfhundertei Million vo was?» het der chly Prinz widerholt. Är, wo nie im Läben e Frag het la gheie, wenn er se mal gstellt het gha. Der Gschäftsmaa het der Chopf ufgha.

«I dene vierefüfzg Jahr won i uf däm Planet hie wohne, bin i nume drümal gstört worde. Z erschtemal, vor zwöiezwänzg Jahr, isch es e Meiechäfer gsi, wo vo weiss der Gugger wo isch abegheit. Dä het so ne Meis gmacht, dass mer i eire Addition grad vier Fähler sy passiert. Ds zwöitemal, vor elf Jahr, isch es en Aafall vo Gsüchti gsi. Es fählt mer d Bewegig. I ha ke Zyt zum Umehulanere. I bin en ärnschthafte Maa. U das itz, das isch ds drittemal! Äbe: Füfhundertei Million ...»

«Millione vo was?»

Der Gschäftsmaa het ygseh, dass es ke Ussicht uf Rue git:

«Millione vo dene chlyne Dinger, wo me mängisch am Himel gseht.»

«Flöige?»

«Eh, nei! Chlyni Dinger wo glänze.»

«Bieni?»

«Eh, nei! Chlyni guldigi Dinger wo mache, dass jede Laueri afat tröime. I bin en ärnschthafte Maa. I ha ke Zyt zum tröime.»

«Aah! D Stärne?»

«Auä scho. D Stärne.»

«U was machsch mit füfhundert Millione Stärne?»

«Füfhunderteimillionsächshundertzwöiezwänzgtuusigsibehunderteinedryssg. I bin en ärnschthafte Mönsch. I nimes gnau.»

«U was machsch mit dene Stärne?»

«Was i dermit mache?»

«Ja.»

«Nüüt. I bsitze se.»

«Du bsitzisch d Stärne?»

«Ja.»

«Aber i ha ne Chünig gseh, wo ...»

«Chünige bsitze nid, Chünige ‚regiere über'. Das isch ganz öppis anders.»

«U was bringts dir, di Stärne z bsitze?»

«Es macht mi rych.»

«U was bringts dir, rych z sy?»

«I cha no meh Stärne chouffe, we öpper no fingt.»

«Dä dänkt chli ähnlech wi my Süffel», het sech der chly Prinz gseit.

De het er wyter gfragt:

«Wi cha me d Stärne bsitze?»

«Wäm ghöre si?» het der Gschäftsmaa rumpelsurig zrügg gfragt.

«I weiss nid. Niemerem.»

«Also ghöre si mir. Wül ig als erschte dra tänkt ha.»

«Das längt?»

«Sälbschtverständlech. We du ne Diamant findsch wo niemerem ghört, so isch es dyne. We du en Insle entdecksch, wo niemerem ghört, so isch si dir. We du als erschte en Idee hesch u du lasch se la patäntiere: So isch si dir. Und ig bsitze d Stärne, wül niemer vor mir dra ddänkt het se z bsitze.»

«Das isch wahr», het der chly Prinz gseit. «U was machsch mit ne?»

«I verwalte se. I zelle se u zelle se nomal», het der Gschäftsmaa gseit. «Das isch schwirig, aber i bin en ärnschthafte Maa.»

Das het em chlyne Prinz als Antwort no nid glängt.

«Also, ig bsitzen es Halstuech. I chas ume Hals aalege u mitnä. Wenn i e Blueme bsitze, chan i se abrupfe u mitnä. Aber du chasch dyni Stärne nid abrupfe!»

«Nei, aber i cha se uf der Bank aalege.»

«Was heisst das?»

«Das heisst, dass i uf ne Zedel schrybe, wivil Stärne dass i bsitze.

Dä Zedel bschliessen i de i ne Schubladen y.»

«U das isch alles?»

«Das längt!»

‚Das isch amüsant', het der chly Prinz ddänkt. ‚Das isch fasch poetisch. Aber nid würklech ärnschthaft.'

Der chly Prinz het ganz anderi Vorstellige vo Ärnschthaftigkeit gha als di Grosse.

«I bsitzen e Blueme won i jede Tag bschütte. I bsitze drei Vulkane, won i jedi Wuche einisch ruesse. I ruesse o dä, wo erloschen isch. Me cha ja nie wüsse. Es isch guet für myni Vulkane und es isch guet für my Blueme, dass ig se bsitze. Aber de Stärne bringts nüüt, dass du se bsitzisch ...»

Der Gschäftsmaa het ds Muul ufgmacht. Aber er het nüüt z säge gwüsst u der chly Prinz isch ggange.

«Di Grosse sy eidütig extrem eiget», het der chly Prinz uf syre Reis nume so zu sich sälber gseit.

XIV

Der füft Planet isch ganz e kurlige gsi. Es isch der chlynscht vo allne gsi. Grad gross gnue für ne Strasselatärne und e Latärnenaazündter. Der chly Prinz het sech nid chönne erchläre, für was dass me irgendwo am Himel, uf emne Planet ohni Huus u Bewohner e Strasselatärne und e Latärnenaazündter bruucht. Aber de het er zu sich sälber gseit:

«Vilech het dä Maa chlin en Eggen ab. Aber geng no weniger als der Chünig, weniger als der Plagööri, der Gschäftsmaa u der Süffel.

Sy Arbeit het emel e Sinn. Wenn er sy Strasselatärne aazündet, isch es wi wenn e nöje Stärn würd gebore wärde, oder e Blueme. Wenn er sy Strasselatärne uslöscht, schlaft d Blueme oder der Stärn y. Es isch e sehr schöni Beschäftigung. Si isch würklech nützlech, wüls schön isch.»

Won er ufem Planet isch aacho, het er der Latärnenaazündter mit Reschpäkt grüesst:

«Guete Tag. Warum hesch du dy Strasselatärne grad glösche?»

«So isch d Vorschrift. Guete Tag», het der Aazündter gseit.

«Was für ne Vorschrift?»

«D Vorschrift, my Latärne z lösche. Gueten Aabe.»

Und er het se wider aazündt.

«Aber warum hesch se de itz wider aazündt?»

«So isch d Vorschrift», het der Latärnenaazündter zur Antwort ggä.

«Das verstan i nid», het der chly Prinz gseit.

«Da gits o nüüt z versta. Vorschrift isch Vorschrift. Guete Tag», het der Aazündter gseit u sy Latärne glösche.

De het er sich miteme rot ghüslete Lumpe der Schweiss vor Stirne gwüscht.

«I verrichte da ne schreckleche Dienscht. Früecher isch alles no vernünftig gsi. Am Morge han i glösche und am Aabe han i aazündt. Der Räschte vom Tag han i chönne löje u der Räschte vor Nacht han i gschlafe ...»

«U de het d Vorschrift gänderet?»

«D Vorschrift het nid gänderet», het der Latärnenaazündter gseit. «Das isch ja ds Schlimme! Der Planet het sech vo Jahr zu Jahr geng schneller ddrääit, u d Vorschrift isch di glychi bblibe!»

«Und itz?» het der chly Prinz wölle wüsse.

«Und itze macht er ei Umdrääjig pro Minute, und i ha ke Sekunde meh zum löje. Jedi Minute einisch zünten i aa u löschen i ab!»

«Das isch ja witzig! Der Tag duuret bi dir also ei Minute?»

«Gar nid witzig isch das», het der Aazündter gseit. «Mir rede scho ne Monet zäme.»

«E Monet?»

«Ja. Dryssg Minute. Dryssg Tag! Gueten Aabe.» Und er het sy Latärne wider aazündt.

Der chly Prinz het ihm zuegluegt und er het der Aazündter, wo sy Vorschrift so ärnscht het gno, gärn übercho. Er het sech dra bsunne, win er sälber d Sunnenundergäng gsuecht het u für das sy Stuel het umenandgschobe. Er het sym Fründ wölle hälfe:

«Weisch was? I wüsst öppis, wi du chönntisch usrueje, we d wettsch ...»

«I wett scho lang», het der Latärnenaazündter gseit.

Me cha ja glychzytig gwüssehaft und fuul sy.

Der chly Prinz het wytergfahre:

«Dy Planet isch so chly, dass du mit dreine Gümp ringsum bisch. Du muesch nume langsam loufe u de bisch geng ar Sunne. We du di wosch usrueje, de loufsch ... u der Tag isch so läng wi d wosch.»

«Das bringt nid vil», het der Aazündter gseit. «Was i für ds Läbe gärn wett, isch schlafe.»

«De isch es ussichtslos», het der chly Prinz feschtgstellt.

«Ussichtslos. Guete Tag», het der Aazündter gseit u sy Lampe glöscht.

Wo der chly Prinz wytergreist isch het er sech gseit: «Dä würd sicher vo allne andere verachtet. Vom Chünig, vom Plagööri, vom

Süffel, vom Gschäftsmaa. Derby: Er isch der einzig, won i nid lächerlech finde. Vilech wül er sech um öppis anders als numen um sich sälber kümmeret.»

Es het ne duuret und er het gsüüfzget: «Er wär der einzig gsi, wo my Fründ hätt chönne wärde. Aber sy Planet isch würklech z chly. Da hets ke Platz für zwee ...»

Der chly Prinz het nid chönne zuegä, dass er däm gsägnete Planet nachetruuret het. Bsunders natürlech wäg de tuusigvierhundertvierzg Sunnenundergäng i vierezwänzg Stund!

XV

Der sächst Planet isch zähmal so gross gsi. En alte Herr, wo riisigi Schünke gschribe het, het dert gwohnt.

«Interessant! E Forscher!» het er grüeft, won er der chly Prinz het gseh.

Der chly Prinz isch ufe Tisch gsässe u het chli verschnuufet. Er isch scho so wyt greist!

«Vo wo chunnsch?» het ne der alt Herr gfragt.

«Was isch das für nes dicks Buech?» het der chly Prinz wölle wüsse. «Was machet Dir da?»

«I bi Geograf», het der alt Herr gseit.

«Was isch das, e Geograf?»

«Das isch e Glehrte, wo weiss, wo d Meer, d Flüss, d Stedt, d Bärge u d Wüeschtine sy.»

«Das isch ja spannend», het der chly Prinz gseit. «Ändlech e richtige Bruef!»

Und er het ufem Planet vom Geograf umenand gluegt. Er het no nie e so ne majeschtätische Planet gseh.

«Öje Planet isch würklech schön. Gits da ou Ozeane?»

«Das chan i nid wüsse», het der Geograf gseit.

«Och!» Der chly Prinz isch enttüüscht gsi. «U de Bärge?»

«Das chan i nid wüsse», het der Geograf gseit.

«U de Stedt, Flüss u Wüeschtine?»

«O das chan i nid wüsse», het der Geograf gseit.

«Aber Dir syt doch Geograf!»

«Exakt», het der Geograf gseit, «aber i bi nid Forscher. Es fählt mer ganz u gar a Forscher. Es isch nid der Geograf, wo d Stedt, d

Flüss, d Bärge, d Meer, d Ozeane u d Wüeschtine zellt.

Der Geograf isch z wichtig, für umenand z stogle. Er blybt a sym Schrybtisch. A däm chöme d Forscher verby. Er fragt se uus u schrybt sech ihri Ydrück uuf. U wenn em Geograf di Ydrück interessant erschyne, lat er en Untersuechig über d Gloubwürdigkeit vom Forscher mache.»

«Warum?»

«Wüls Katastrophe i de Geografiebüecher gäb, wenn e Forscher würd lüge oder wenn er zvil würdi trinke.»

«Wiso?» het der chly Prinz gfragt.

«Wül di Betrunkene dopplet gseh. De würd der Geograf zwe Bärge dert ytrage, wos numen eine het.»

«I kennen öpper, won e schlächte Forscher wär.»

«Das isch müglech. Äbe: We d Gloubwürdigkeit vom Forscher ywandfrei schynt, macht men en Untersuechig über sy Entdeckig.»

«Me geit ga luege?»

«Nei. Das isch z kompliziert. Aber me verlangt vom Forscher, dass er Bewyse liferet. Wes zum Bischpil um d Entdeckig vomene grosse Bärg geit, verlangt me, dass er grossi Steine mitbringt.»

Der Geograf het sech plötzlech ergelschteret.

«U du, du chunsch vo wyt här! Du bisch e Forscher! Du muesch mer dy Planet beschrybe!»

U der Geograf het sys Regischtrierbuech ufgschlage u ds Bleistift gspitzt. Me notiert zersch d Erzählige vo de Forscher mit Bleistift. Mit Tinte schrybt me se ersch denn uuf, we der Forscher Bewyse gliferet het.

«Also?» het der Geograf gfragt.

«Oh! Bi mir deheim gits nid vil Interessants», het der chly Prinz gseit. «Es isch ganz chly. I ha drei Vulkane. Zwe Vulkane, wo aktiv sy und ei erloschene Vulkan. Aber me cha ja nie wüsse.»

«Me cha nie wüsse», het der Geograf gseit.

«I ha o ne Blueme.»

«D Blueme schrybe mer nid uuf», het der Geograf gseit.

«Warum de das? Si sy doch ds Schönschte!»

«Wül d Blueme vergänglech sy.»

«Was heisst das: ‚vergänglech'?»

«D Geografiebüecher sy di wärtvollschte Büecher überhoupt. Si veralte nie. Es isch sehr sälte, dass e Bärg sy Platz wächslet. Es isch sehr sälte, dass en Ozean sys Wasser usläärt. Mir schrybe di ewige Sachen uuf.»

«Aber erloscheni Vulkane chöi wider erwache», het der chly Prinz unterbroche. «Was bedütet ‚vergänglech'?»

«Ob e Vulkan erloschen oder aktiv isch, spilt ke Rolle», het der Geograf erchlärt. «Was zellt, isch der Bärg. Dä veränderet sech nid.»

«Aber was bedütet ‚vergänglech'?» het der chly Prinz insischtiert. Er het ja i sym Läbe no nie e Frag la gheie, wenn er se mal gstellt het gha.

«Das bedütet: Vom baldige Entschwinde bedroht.»

«Isch my Blueme vom baldige Entschwinde bedroht?»

«Natürlech.»

«My Blueme isch vergänglech», het sech der chly Prinz gseit. «U si het nume vier Dorne für sech gäge d Wält zur Wehr z setze! Und i ha se ganz eleini deheim gla!»

Ds erschte Mal het er sy Abreis vo deheim beröit. Aber er het wider Muet gfasst:

«Was ratet Dir mir: Wohäre söll i no gan e Bsuech mache?»

«Ufe Planet Ärde», het der Geograf gantwortet, «er het e guete Ruef ...»

U der chly Prinz het sech ufe Wäg gmacht u derby a sy Blueme ddänkt.

XVI

Der sibet Planet isch also d Ärde gsi.

D Ärde isch nid irgend e Planet! Me zellt da hundertelf Chünige (we me d Chünige vo de afrikanische Stämm nid vergisst), sibetuusig Geografe, nüünhunderttuusig Gschäftslüt, sibenehalb Millione Süffle, dreihundertelf Millione Plagööre, churz u guet: öppe zwo Milliarde grossi Mönsche.

Me chönnt sech e Vorstellig vo der Grössi mache, wenn i würd säge, dass me vor der Erfindig vo der Elektrizität uf allne Ärdteile zämezellt e ganzi Armee vo vierhundertzwöiesächzgtuusigfüfhundertelf Latärnenaazündter het aagstellt gha.

Vo wytem het das wunderbar usgseh. D Bewegige vo dere Armee sy so guet püschelet gsi, wi die vomene Opereballet. Z ersch sy d Latärnenaazündter vo Nöiseeland und Ouschtralie dranne gsi. We si ihri Latärne hei aazündtet gha, sy si ga schlafe. De isch der Tanz mit de Latärnenaazündter vo China u Sibirie wyterggange. Nächär sy o die hinder de Kulisse verschwunde. De sy d Latärnenaazündter vo Russland und Indien a der Reie gsi. Drufabe die vo Afrika und Europa. De die vo Südamerika. Nächär die vo Nordamerika. U si hei sech

i der Reiefolg vo ihrem Uftritt nie trumpiert. Es isch grandios gsi.

Nume der Aazündter vo der einzige Latärne am Nordpol u sy Kolleg vo der einzige Latärne am Südpol hei es Flohnerläbe gha: Si hei zwöimal im Jahr gschaffet.

XVII

We me gschyd wott tue, gits es, dass men e chli aafat blöffe. Es stimmt nid ganz, was i vo de Latärnenaazündter ha verzellt. I riskiere, dass i dene, wo ne nid kenne, es falschs Bild vo üsem Planet gibe. D Mönsche bruuche nume weni Platz uf der Ärde. We di zwo Milliarde Ärdebürger ufrächt u chli naach zäme würde härestа, öppe so, wi anere Versammlig, so längti en öffentleche Platz vo zwänzg Meile Längi u zwänzg Meile Breiti für se unterzbringe. Me chönnti d Mönschheit uf irgend ere miggerige Südseeinsle zämepferche.

Di Grosse wärde nech das allerdings nid gloube. Si meine, si bruuchi vil Platz. Si näme sech so wichtig win en Affebrotboum. Säget ne eifach, si sölles nacherächne. Si vergöttere d Zahle. Es wird ne gfalle. Aber dir vergüdet gschyder nid öiji Zyt dermit. Es bringt nüüt. Dir chöit mers gloube.

Der chly Prinz het gstuunet won er uf d Ärden isch cho: Wyt u breit ke Mönsch. Er het scho Angscht übercho, er heig der lätz Planet verwütscht, won e mondfarbige Ring sech im Sand het bewegt.

«Guet Nacht», het der chly Prinz uf ds Gratwohl gseit.

«Guet Nacht», het d Schlange gseit.

«Uf wele Planet bin i da gheit?» het der chly Prinz wölle wüsse.

«Uf d Ärde, du bisch z Afrika», het d Schlange gantwortet.

«Ah! ... De gits also niemer uf der Ärde?»

«Das hie isch d Wüeschti. I de Wüeschtine isch niemer. D Ärde isch gross», het d Schlange gseit.

Der chly Prinz isch uf ne Stei ghocket u het ufe a Himel gluegt: «I frage mi», het er gseit, «ob d Stärne lüüchte, für dass alli irgend einisch ihre Stärn widerfinde. Lueg emal my Planet aa. Er steit gredi über üüs ... Aber er isch so wyt wägg!»

«Er isch schön», het d Schlange gseit. «Was hesch hie im Sinn?»

«I ha Problem mit nere Blueme», het der chly Prinz gantwortet.

«Ah!» het d Schlange gmacht.

U de hei si gschwige.

«Wo sy de d Mönsche?» het der chly Prinz der Fade wider ufgno. «Me isch scho chli elei i der Wüeschti ...»

«O bi de Mönsche isch men elei», het d Schlange gseit.

Der chly Prinz het se läng aagluegt:

«Du bisch es komisches Vych», het er ändlech gseit, «dünn win e Finger ...»

«Aber i bi mächtiger als der Finger vomene Chünig», het d Schlange gseit.

Der chly Prinz het glächlet:

«Du bisch nid grad mächtig ... Du hesch ja nid emal Füess ... Du chasch nid emal uf Reise ga ...»

«I cha di wyter wägg bringe als es Schiff», het d Schlange gseit.

Si het sech ume Chnöchel vom chlyne Prinz gringlet win es guldigs Armband:

«Wenn i öpper berüere, giben i ne der Ärde zrügg, won er isch härcho», het si no gseit. «Aber du bisch rein, du chunnsch vomene Stärn ...»

Der chly Prinz het gschwige.

«Du duurisch mi, du bisch son es Finöggeli uf dere Wält us Granit. I chönnt dir hälfe, we du de mal z fescht Längizyti nach dym Planet hesch. I chönnt ...»

«Oh! I has scho kapiert» het der chly Prinz gseit, «aber warum

redsch du geng i Rätsel?»
«I löse se alli», het d Schlange gmacht.
U de hei si gschwige.

XVIII

Der chly Prinz isch quer dür d Wüeschti ggange u isch numen eire Blueme begägnet. E Blueme mit drüne Blüetebletter, e ganz e miggerigi Blueme ...

«Guete Tag», het der chly Prinz gseit.

«Guete Tag», het d Blueme gseit.

«Wo sy d Mönsche?», het der chly Prinz höflech gfragt.

D Blueme het emal e Karawane gseh verby zie:

«Mönsche? Es git, glouben i, sächs oder sibe. I ha se vor mängem Jahr gseh. Aber me weiss nie, wo si sy. Der Wind trybt se wyter. Es fähle ne d Wurzle, das isch müesam für se.»

«Adiö», het der chly Prinz gseit.

«Adiö», het d Blueme gseit.

XIX

Der chly Prinz isch uf ne höche Bärg gchlätteret. Di einzige Bärge, won er bis derthäre het kennt, sy di drei Vulkane gsi, won ihm bis zum Chnöi sy cho. U der erloschnig Vulkan het er albe als Taburettli bruucht.

‚Vomene Bärg, wo so höch isch wi dä, gsehn i uf ei Tätsch der ganz Planet und alli Mönsche …', het der chly Prinz ddänkt. Aber er het nüüt als spitzigi Felsnadle gseh.

«Guete Tag», het er uf ds Gratwohl gseit.

«Guete Tag … Guete Tag … Guete Tag …» het ds Echo zur Antwort ggä.

«Wär syt dir?» het der chly Prinz gfragt.

«Wär syt dir … Wär syt dir … Wär syt dir …?» het ds Echo zur Antwort ggä.

«Wärdet myni Fründe, i bin elei», het er gseit.

«I bin elei … I bin elei … I bin elei …» het ds Echo zur Antwort ggä.

‚So ne komische Planet!‘, het er de ddänkt. ‚Ganz troche, voll Spitze u ganz salzig. U de Mönsche fählt d Fantasie. Si widerhole nume das, wo me ne seit ... Bi mir deheim han i e Blueme gha: Die het geng zersch gredt ...‘

XX

Aber du, wo der chly Prinz lang düre Sand, über Felse u düre Schnee gwanderet isch gsi, het er ändlech e Strass entdeckt. U d Strasse füere alli zu de Mönsche.

«Guete Tag», het er gseit.

Es isch e Garte voll Rose gsi.

«Guete Tag», hei d Rose gseit.

Der chly Prinz het sen aagluegt. Si hei alli syre Blueme gliche.

«Wär syt dir?» het er se ganz erstuunt gfragt.

«Mir sy Rose», hei d Rose gantwortet.

«Ah!» het der chly Prinz gmacht.

Und er isch sehr unglücklech gsi. Sy Blueme het ihm verzellt gha, dass si di einzigi vo ihrer Art im ganzen Universum syg. U da hets itz füftuusig gha, eini wi di anderi, u das i eim einzige Garte!

«Da würd my Blueme schön toube, we si das gsäch», het er zu sich sälber gseit, «si würdi wi verruckt hueschte u würdi tue, wi we si müesst stärbe, für dass me nid lachet über se. Und i müesst äuä so tue, wi wenn i se würd pflege, süsch würd si no, für mi ids Unrächt z setze, äxtra yga ...»

U de het er sech no gseit: «I ha gmeint i sygi rych. I bsitzi en einzigartigi Blueme, u derby han i e gwöhnlechi Rose. Die u myni drei Vulkane, wo mer bis zum Chnöi chöme u wo eine dervo vilech für immer erloschen isch. Das macht us mir nid grad e grosse Prinz ...» Und er isch ids Gras gläge u het briegget.

XXI

U da isch der Fuchs uftoucht.

«Guete Tag», het der Fuchs gseit.

«Guete Tag», het der chly Prinz höflech gantwortet, het umegluegt, aber nüüt gseh.

«Da bin i», het d Stimm gseit, «underem Öpfelboum ...»

«Wär bisch?» Het der chly Prinz gfragt. «Du bisch schnusig ...»

«I bin e Fuchs», het der Fuchs gseit.

«Chumm, spil mit mir!» het der chly Prinz vorgschlage. «I bi so truurig ...»

«I cha nid mit dir spile», het der Fuchs erchlärt. «I bi nid zähmt.»

«Aha. Exgüsee», het der chly Prinz gmacht.

Aber de het er nacheddänkt u gfragt:

«Was heisst das: ,zähmt'?»

«Du bisch nid vo hie», het der Fuchs gseit, «was suechsch?»

«I sueche d Mönsche», het der chly Prinz zur Antwort ggä. «Was heisst ,zähmt'?»

«D Mönsche», het der Fuchs gseit, «di hei Gwehr u si jage. Das isch

läschtig! Si züchte o Hüener. Das isch ihren einzig Läbeszwäck. Suechsch du Hüener?»

«Nei», het der chly Prinz gseit. «I sueche Fründe. Was bedütet ‚zähmt'?»

«Das isch öppis, wo vil z fescht i Vergässeheit graten isch», het der Fuchs erchlärt. «Es bedütet, öppis lieb übercho.»

«Öppis lieb übercho?»

«Eh, ja», het der Fuchs gseit. «Du gsehsch für mi uus win e chlyne Bueb, wo hunderttuusig andere chlyne Buebe glychet. Und i bruuche di nid. U du bruuchsch mi o nid. I bi für di numen e Fuchs wo hunderttuusig andere Füchs glychet. Aber we du mi chasch zähme, bruuche mir beidi enand. De wirsch du für mi öppis ganz Bsunders sy uf dere Wält. Und ig wirde für di öppis ganz Bsunders sy uf dere Wält ...»

«I chume langsam nache», het der chly Prinz gseit. «Es git e Blueme ... i gloube si het mi zähmt ...»

«Das cha sy», het der Fuchs gseit. «Es git nüüt wos nid git, uf dere Wält ...»

«Oh! Das isch nid uf dere Wält», het der chly Prinz gseit.

Der Fuchs isch ganz gwunderig worde:

«Ufeme andere Planet?»

«Ja.»

«Hets dert Jeger?»

«Nei.»

«Das isch ja interessant! U Hüener?»

«Nei.»

«Nüüt isch perfekt», het der Fuchs gsüfzget.

Der Fuchs het sy Gedanke wytergspunne:

«Mys Läbe isch längwylig. I jage d Hüener, d Mönsche jage mii. Eis Huen glychet em andere und ei Mönsch glychet em andere. I ha chli der Verleider. Aber we du mi chönntisch zähme, wär mys Läbe voll Sunneschyn. I kennti es Grüüsch vo Schritte, wo ganz anders wär, als alli andere. Di andere Schritte mache mi underem Bode z verschwinde. Dyni Schritte würde mi usem Bou fürelööke wi wenns Musig wär. U lueg! Gsehsch dert äne di Weizefälder? I frisse ke Brot. Ds Chorn het für mi ke Wärt. D Weizefälder bedüte mer nüüt. Isch das nid truurig? Aber du hesch Haar wo usgseh wi Guld. We du mi zähmt hesch, wird das wunderbar! Di guldige Weizefälder wärde mi a di mahne. Und ds Ruusche vom Luft im Weizefäld, das überchumen i de so gärn ...»

Der Fuchs isch still worde u het der chly Prinz lang aagluegt:

«Bitte ... tue mi zähme!» het er gseit.

«I tät ja gärn», het der chly Prinz gantwortet, «aber i ha nid vil Zyt. I mues Fründe finde u vil Sache lehre kenne.»

«Me kennt nume die Sache, wo me het lieb übercho», het der Fuchs gseit. «D Mönsche hei ke Zyt me, öppis richtig lehre z kenne. Si choufe alles fertig bi de Händler. Aber wüls keni Händler für Fründschafte git, hei d Mönsche keni Fründe meh. We du e Fründ suechsch: Tue mi zähme!»

«Wi macht me das?» het der chly Prinz wölle wüsse.

«Me mues sehr geduldig sy», het der Fuchs gseit. «Zersch hockisch e chli absits vo mir, öppe so, ids Gras. De luegen i di so usem Ougewinkel aa u du seisch nüüt. D Sprach isch e Quelle für Missverständnis. U jede Tag chasch e chli neecher zu mir häre sitze ...»

Am nächschte Tag isch der chly Prinz zrügg cho.

«Es wär besser gsi, du wärsch wider zur glyche Zyt cho», het der

Fuchs gseit. «We du zum Bispil am vieri am Namitag chämsch, chönnt i scho ab de drü aafa glücklech sy.

Je meh Zyt vergieng, desto glücklecher würd i. Am vieri wär i scho ganz ufgregt u würd mer Sorge mache. I würd der Prys vom Glück lehre kenne. Aber we du eifach irgend einisch chunnsch, weis mys Härz nid, wenn dass es söll afa gumpe ... Me bruucht feschti Brüüch.»

«Was isch das, e Bruuch?» het der chly Prinz gfragt.

«Das isch o öppis, wo vil z fescht i Vergässeheit graten isch», het der Fuchs gseit. «Es isch das, wo macht, dass ei Tag anders isch als di andere, ei Stund anders als di andere. Zum Bischpil gits e feschte Bruuch bi myne Jeger. Si tanzen am Donschtig mit de Meitschi vom Dorf. Drum isch der Donschtig der wunderbar Tag! I spaziere denn bis zum Räbbärg. We d Jeger mal a däm u mal a disem Tag würde tanze, wäre alli Tage glych und i hätti nie Ferie.»

Der chly Prinz het also der Fuchs zähmt. U wo d Stund vom Abschid isch neecher cho:

«Oh!» het der Fuchs gmacht, «i mues de gränne.»

«Da bisch sälber tschuld», het der chly Prinz gseit, «i ha dir nüüt Böses

wölle tue, aber du hesch wölle, dass i di zähme ...»

«Sicher», het der Fuchs gmacht.

«Aber du muesch de gränne!» het der chly Prinz gseit.

«Sicher», het der Fuchs gmacht.

«De hesch doch nüüt dervo!»

«I ha öppis dervo», het der Fuchs gantwortet, «wäge der Farb vom Chorn.»

De het er no gseit:

«Gang d Rose nomal ga aaluege. De wirsch merke, dass dyni einzigartig isch uf der Wält. U de chunnsch mer cho Adiö säge, und i wirde dir es Gheimnis schänke.»

Der chly Prinz isch nomal d Rose ga aaluege:

«Dir glychet myre Rose überhoupt nid, dir syt no gar nüüt», het er ne gseit. «Niemer het öich lieb u dir heit o niemer lieb. Dir syt eso, wi my Fuchs isch gsi: Er isch e Fuchs gsi wi hunderttuusig anderi Füchs. Aber er isch zu mym Fründ worde, und itz isch er einzigartig uf der Wält.»

U d Rose hei sech zimlech scheniert.

«Dir syt zwar schön, aber dir syt läär», het er wytergfahre. «Für öich cha me nid stärbe. Klar: Irgendöpper, wo verby chunnt, chönnti meine, my Rose glychi öich. Aber sii ganz elei isch wichtiger als dir alli zäme. Denn: Sii isch es gsi, won i bschüttet ha. Sii isch es gsi, won i underne Glasglogge gstellt ha. Sii isch es gsi, won i mitem Paravent ha gschützt. Für sii han i d Roupe töt (abgseh vo zwo, dreine, wäg de Schmätterlinge). Sii isch es o gsi, won i ha ghört jämmerle, sech füretue oder mängisch sogar schwyge. Si isch halt eifach my Rose.»

Du isch er zrügg zum Fuchs cho:

«Adiö», het er gseit ...

«Adiö», het der Fuchs gseit. «Los mys Gheimnis. Es isch ganz eifach: Me gseht nume mitem Härz guet. Ds Wäsentleche isch für d Ouge unsichtbar.»

«Ds Wäsentleche isch für d Ouge unsichtbar», het der chly Prinz widerholt, für sech s z merke.

«Di Zyt, wo du für dy Rose verlore hesch, macht dy Rose so wichtig.»

«Di Zyt, won i für my Rose verlore ha ...» het der chly Prinz widerholt, für sech s z merke.

«D Mönsche hei di Wahrheit vergässe», het der Fuchs gseit. «Aber du darfsch se nid vergässe. Für das, wo du hesch lieb übercho, bisch für immer verantwortlech. Du bisch verantwortlech für dy Rose ...»

«I bi verantwortlech für my Rose ...» het der chly Prinz widerholt, für sech s z merke.

XXII

«Guete Tag», het der chly Prinz gseit.

«Guete Tag», het der Weichesteller gseit.

«Was machsch du da?» het der chly Prinz gfragt.

«I sortiere di Reisende i Tuusigerpäckli», het der Weichesteller erchlärt. «I schicke d Züg, wo se furtbringe mal gäg rächts, mal gäg linggs.»

Und e häll erlüüchtete Schnällzug isch verbytonneret u het ds Hüsli vom Weichesteller erhudlet.

«Die heis aber pressant», het der chly Prinz gseit. «Was wei si?»

«Der Maa i der Loki het sälber ke Ahnig», het der Weichesteller gantwortet.

Und e zwöite häll erlüüchtete Schnällzug isch i di entgägegsetzti Richtig verbytonneret.

«Chöme si scho zrügg?» het der chly Prinz wölle wüsse ...

«Das sy nid di glyche», het der Weichesteller gseit. «Es isch en Ustuusch.»

«Sy si nid zfride gsi, dert wo si sy gsi?»

«Me isch nie zfride, dert wo men isch», het der Weichesteller gseit.

Und e dritte häll erlüüchtete Schnällzug isch verbytonneret.

«Verfolge die da di andere Reisende?» het der chly Prinz gfragt.

«Si verfolge gar nüüt», het der Weichesteller gseit. «Si schlafe da drinne oder si gine. Nume d Chind trücke ihri Nase gäge d Schybe.»

«Nume d Chind wüsse, was si wei», het der chly Prinz gseit. «Si verlüüre Zyt miteme Hudelibäbi u ds Bäbi wird ganz wichtig. U we me nes wäggnimmt, gränne si ...»

«Die heis guet», het der Weichesteller gseit.

XXIII

«Guete Tag», het der chly Prinz gseit.

«Guete Tag», het der Händler gseit.

Es isch e Pillehändler gsi. Syni raffinierte Pille hei der Durscht total glöscht. Me het eini pro Wuche müesse näh u het kes Bedürfnis meh gha, z trinke.

«Warum verchoufsch du das?» het der chly Prinz wölle wüsse.

«Es spart enorm vil Zyt», het der Händler gseit. «D Experte heis berächnet. Me spart dreiefüfzg Minute pro Wuche.»

«U was macht me mit dene dreiefüfzg Minute?»

«Was me halt grad wott ...»

«Also ig», het der chly Prinz gseit, «wenn i dreiefüfzg Minute vürig hätt, de gieng i ganz gmüetlech zunere Quelle ...»

XXIV

Es isch der acht Tag nach myre Panne i der Wüeschti gsi, und i ha dere Gschicht vom Händler zueglost u derzue der letscht Tropf vo mym Wasservorrat trunke:

«Ah!» han i zum chlyne Prinz gseit, «dyni Erinnerige sy ja ganz nätt, aber i ha my Flüger no geng nid repariert, i ha nüüt meh z trinke und i wär o glücklech, wenn i ganz gmüetlech zunere Quelle chönnti ga!»

«My Fründ, der Fuchs», het der chly Prinz aagfange ...

«Los, chlyne Maa, es geit nümm ume Fuchs!»

«Warum?»

«Wül me vor Durscht stirbt ...»

Er het das nid kapiert. Er het mer zur Antwort ggä:

«Es isch guet e Fründ gha z ha, o we me stirbt. I bi froh, dass ig e Fuchs als Fründ ha gha ...»

‚Er cha d Gfahr nid ermässe', han i mer gseit. ‚Er kennt weder Hunger no Durscht. Chli Sunne, das längt ihm ...'

Aber da het er mi aagluegt und uf myni Gedanke gantwortet:

«I ha o Durscht ... chumm, mir suechen e Brunne ...»

I han e müedi Bewegig gmacht: es isch absurd, uf guet Glück i der ändlose Wüeschti e Brunne z sueche. U glych sy mer loszoge.

Stundelang sy mer still näbenand härgloffe. De hets ygnachtet u d Stärne hei afa schyne. I ha se wi im Troum gseh. I ha chli Fieber gha vor Durscht. I mym Gedächtnis sy d Wort vom chlyne Prinz umenand tanzet:

«Du hesch also o Durscht?» han i ne gfragt.

Aber er het ke Antwort uf my Frag ggä. Er het mer nume gseit:

«Ds Wasser cha o em Härz guet tue ...»

I ha sy Antwort nid kapiert, ha aber gschwige ... I ha gwüsst, dass me ne nid het dörfe usfrage.

Er isch müed gsi. Er isch abghocket. I bi näben ihm häreghocket. Still isch es gsi. De het er no gseit:

«D Stärne sy schön wägere Blueme, wo me nid gseht ...»

«Ja», han i gseit u de still d Falte vom Sand im Mondliecht aagluegt.

«D Wüeschti isch schön», het er wytergfahre ...

Es isch wahr gsi. I ha d Wüeschti geng gärn gha. Me hocket uf ne Sanddüne. Me gseht nüüt. Me ghört nüüt. U glychzytig ligt es Strahle i der Stilli ...

«Was d Wüeschti no schöner macht», het der chly Prinz gseit, «isch, dass si irgendwo e Brunne versteckt ...»

I ha gstuunet, dass ig uf z mal das gheimnisvolle Strahle vom Sand ha verstande. Won ig e chlyne Bueb bi gsi, hei mer imene alte Huus gwont u me het sech verzellt, dass e Schatz drinne versteckt syg. Zwar het ne nie öpper gfunde, vilech het ne o niemer gsuecht. Aber er het das ganze Huus verzouberet. Mys Huus het es Gheimnis tief i sym Härz versteckt ...

«Ja», han i zum chlyne Prinz gseit, «ob Huus, ob Stärn, ob Wüeschti: Das wo ihri Schönheit usmacht, gseht me nid!»

«Es fröit mi», het er gseit, «dass du einig bisch mit mym Fuchs.»

Wül der chly Prinz ygschlafen isch, han i ne uf d Arme gno u bi wytergloffe. I bi ufgwüelt gsi. Es het mi ddünkt i tragi e zerbrächleche Schatz. Es het mi sogar ddünkt es gäb nüüt Zerbrächlechers uf dere Wält. Im Mondliecht han i di bleichi Stirne, di zuenige Ouge, di Haarsträhne, wo im Luft hei zitteret, aagluegt und i ha mer gseit: «Was i da gseh isch numen e Hültschele. Ds Eigetleche isch unsichtbar ...»

Uf syne chli offene Lippe isch es halbs Lächle gläge. Da han i mer no gseit: «Was mi a däm schlafende chlyne Prinz so ufwüelt, isch sy Tröji zunere Blueme. Es isch ds Bild vonere Rose, wo wi d Flamme vonere Lampe in ihm strahlet, sogar wenn er schlaft ...» Und er isch mer no grad einisch zerbrächlecher vorcho. Me mues guet zu de Lampe luege: Ei Chut cha se uslösche ...

I bi wytergloffe u wos taget het, han i der Brunne gfunde.

XXV

«D Lüt quetsche sech ine Schnällzug u wüsse gar nümme, was si sueche», het der chly Prinz gseit. «U nächär rege si sech uuf u träje im Kreis ...» U nach eme Momänt: «Das isch doch für nüüt ...»

Der Brunne wo mer gfunde hei, het nid so usgseh wi di andere Brünne i der Sahara. Süsch sy d Brünne i der Sahara eifachi Löcher, wo me i Sand grabe het. Dä hie het emene Dorfbrunne gliche. Aber es het kes Dorf gha wyt u breit und i ha gmeint, i tröimi.

«Komisch», han i zum chlyne Prinz gseit, «alles isch parat: D Rolle, der Chessel u ds Seili ...»

Er het glachet, het ds Seili aagrüert, d Rolle träjt.

U d Rolle het gyret win es alts Windrad, we der Wind lang gschlafe het.

«Ghörsch das?» het der chly Prinz gfragt, «mir wecke dä Brunne und er singt ...»

I ha nid wölle, dass er so mües chnorze:

«La mi das la mache», hanim gseit, «das isch z schwär für di.» Langsam han i der Chessel bis zum Brunnerand ufe zoge. Dert han i ne süüferli häregstellt. I den Ohre han i no geng der Gsang vo der Rolle gha und ufem Wasser, wo no zitteret het, han i d Sunne gseh zittere.

«I ha Durscht», het der chly Prinz gseit, «gib mer vo däm Wasser z trinke ...»

Und i ha verstande, was er gsuecht het!

I ha der Chessel bis a syni Lippe glüpft. Er het trunke, mit zuenigen Ouge. Es isch gsi win es Fescht. Das Wasser isch öppis ganz anders als Nahrig gsi. Es isch entstande usem länge Wäg under de

Stärne, usem Gsang vo der Rolle, us der Asträngig vo mynen Arme. Das Wasser het em Härz guet ta, win es Gschänk. Won i e chlyne Bueb gsi bi, hei d Liechter vom Wienachtsboum, d Musig vo der Mitternachtsmäss, ds sanfte, stille Lächle vo den andere der eigetlech Glanz vom Gschänk usgmacht, won i übercho ha.

«D Lüt bi dir deheim», het der chly Prinz gseit, «züchte füftuusig Rose i eim Garte ... u si finde derby glych nid, was si sueche ...»

«Si findes nid», hanim zuegstimmt ...

«U derby cha me das, wo si sueche inere einzige Rose oder imene Schluck Wasser finde ...»

«Das isch eso», han i gantwortet.

U der chly Prinz het no gseit:

«Aber d Ouge sy blind. Me mues mit em Härz sueche.»

I ha trunke. I ha chönne düreschnuufe. Der Sand het itz, wos taget het, honigfarbig usgseh. O di Honigfarb het mi glücklech gmacht. Warum han i müesse chummere ...

«Du muesch dys Verspräche halte», het der chly Prinz sanft gseit. Er isch wider näbe mi häreghöcklet. «Was für nes Verspräche?»

«Eh weisch ... der Muulchorb für mys Schaf ... i bi verantwortlech für di Blueme!»

I ha d Entwürf vo myne Zeichnige usem Sack gno. Der chly Prinz het se gseh u het gugelet:

«Dyni Affebrotböim gseh chli uus wi Chöhli ...»

«Oh!»

I bi doch so stolz gsi uf myni Affebrotböim!

«Dy Fuchs ... syni Ohre ... si gseh chli uus wi Hörner ... u zläng sy si o!»

Und er het wider gugelet.

«Du bisch ungrächt, chlyne Maa, i ha nüüt anders chönne zeichne als zuenigi und offnigi Riiseschlange.»

«Oh! Es wird scho guet cho», het er mi berueiget, «d Chind chöme druus.»

I ha also e Muulchorb skizziert. Mys Härz het sech verchrampfet, won i ne am chlyne Prinz ha ggä:

«Du hesch öppis im Sinn, und i weiss nid was ...»

Aber er het nid druf reagiert. Er het zue mer gseit:

«Weisch, my Sturz uf d Ärde ... morn isch es es Jahr här ...»

De, nach eme Momänt Stilli het er no aaghänkt:

«I bi hie ganz ir Neechi abecho ...»

Und er isch rot worde.

U wider het mi öppis gmacht z chummere und i ha nid verstande, was. Da isch mer e Frag uftoucht:

«De isch es also ke Zuefall gsi, dass du am Morge, won i di ha lehre kenne, vor acht Tag, eifach so ganz elei dürespaziert bisch, tuusigi vo Meile wägg vo jedem bewohnte Fläcke! Du bisch ufem Wäg zrügg zu däm Punkt gsi, wo du denn bisch abecho?» Der chly Prinz isch no röter worde.

Und i ha süüferli wytergfragt:

«Grad wüls es Jahr här isch, vilech? ...»

U wider isch der chly Prinz rot aagloffe. Er het nie uf Frage gantwortet. Aber we öpper rot wird, heisst das doch sovil wi ‚ja', oder?

«Hei», han i gseit, «i ha Angscht!»

Aber er het zue mer gseit:

«Du muesch itz schaffe. Du muesch wider zu dyre Maschine zrügg ga. I warte hie uf di. Chumm morn am Abe wider ...»

Mi het das aber gar nid öppe berueiget. I ha a Fuchs müesse dänke. Me riskiert, dass me chli mues gränne, we me öppis lieb het übercho ...

XXVI

Näbem Brunne hets e Ruine vonere alte Steimuur gha. Won i am nächschten Aabe vo myr Arbeit bi zrüggcho, han i my chly Prinz scho vo wytem gseh, win er da oben isch ghöcklet u d Bei het la bambele. Und i ha ne ghört rede:

«De bsinnsch di also nümme dra?» het er gseit. «Es isch nid genau hie gsi!»

En anderi Stimm het ihm offebar gantwortet, er het nämlech drufabe gseit:

«Momou! Es isch genau der Tag, aber nid genau der Ort ...»

I bi uf d Muur zuegloffe. I ha no geng niemer gseh u niemer ghört. U glych het der chly Prinz wider gseit: «Sicher. Du gsehsch de scho, wo my Spur im Sand aafat. Du muesch nume dert uf mi warte. I chume die Nacht.»

I bi zwänzg Meter vor Muur ewägg gsi u ha no geng nüüt gseh.

Der chly Prinz het nachere Pouse no gseit: «Hesch guets Gift?

Bisch sicher, dass du mi nid lang lasch la lyde?»

I bi blybe sta, u mys Härz het sech verchrampfet, aber i has no geng nid kapiert.

«Gang itz», het er gseit ... «i wott abecho!»

Da han i der Blick abe, ufe Fuess vor Muur grichtet, und i han e Gump gno! Da isch eini vo dene gälbe Schlange gsi, wo eim innert dryssg Sekunde töde u si het der Chopf gäge chly Prinz ufe greckt. I ha i myre Täsche nachem Revolver gnuuschet u bi losgrennt, aber wägem Lärm, won i gmacht ha, het sech d Schlange süüferli i Sand abe gla, win e Springbrunne, wo stirbt, und ohni z pressiere isch si miteme fyne, metallische Grüüsch zwüsche de Steine verschloffe.

I bi grad rächtzytig bi der Muur aacho für my chly Prinzekärli i den Arme ufzfa. Bleich isch er gsi, wi Schnee.

«Was sy das für Gschichte! Itz redsch mit de Schlange!»

I han ihm sys ewige, guldige Halstuech glöst. I han ihm d Schläfe gnetzt u han ihm z trinke ggä. Itz han i mi nüüt meh trouet z frage. Er het mi ärnscht aagluegt u het mer syni Arme ume Hals gleit. I ha sys Härz gspürt chlopfe, wi das vomene stärbende Vogel wo me mitem Gwehr het aagschosse. Er het zue mer gseit:

«I bi froh, dass du usegfunde hesch, was dyre Maschine fählt. Itz chasch de hei ga ...»

«Wiso weisch du das!»

I bi würklech cho, für ihm z verzelle, dass es mer wider Erwarte glunge syg, my Arbeit zumene gueten Ändi z bringe!

Er het ke Antwort ggä uf my Frag, aber er het no gseit:

«Ou ig ga hüt hei ...»

De chli melancholisch:

«Das isch vil wyter ... Das isch vil schwiriger ...»

I ha dütlech gspürt, dass da öppis Ussergwöhnlechs passiert. I ha ne fescht id Arme gno win es chlys Chind, u derby isch es mer vorcho, wi wenn er gredi abe ine Abgrund würd gheie und i nüüt chönnt tue, für ne z häbe ...

Er het ärnscht drygluegt u sy Blick het sech ir Wyti verlore:

«I ha dys Schaf. Und i ha d Chischte für ds Schaf. Und i ha der Muulchorb ...»

Er het es Lächle probiert.

I ha lang gwartet. Naadisnaa isch er wider munter worde:

«Chlyne Maa, du hesch Angscht gha ...»

Natürlech het er Angscht gha! Aber er het fyn glachet:

«Hinecht wirden i meh Angscht ha ...»

Mi hets wider bis z innerscht ine gfroore. Ds Gfüel vo öppis Unuswychlechem isch wider da gsi. Und i ha gmerkt, dass i der Gedanke nid ertrage, das Lache nie meh z ghöre. Das Lache, wo win e Brunne i der Wüeschti isch gsi.

«Chlyne Maa, i wott di wyter ghöre lache ...»

Aber er het mer gseit:

«Die Nacht isch es es Jahr. My Stärn wird genau über däm Platz sta, won i voreme Jahr bi abecho ...»

«Chlyne Maa, gäu es isch e böse Troum, di Gschicht vo der Schlange und em Träffe und em Stärn ...»

Aber er het mer ke Antwort uf my Frag ggä. Er het gseit: «Ds Eigetleche gseht me nid ...»

«Ja, scho ...»

«Es isch wi mit der Blueme. We du e Blueme gärn hesch, wo uf me ne Stärn isch, de isch es wunderschön, i der Nacht der Himel aazluege. Alli Stärne blüeje.»

«Ja, sicher ...»

«Es isch wi mit em Wasser. Das wo du mer hesch ztrinke ggä, isch wi Musig gsi. Wäg der Rolle, wäg em Seili ... weisch no ... es isch so guet gsi.»

«Eh, ja ...»

«Du wirsch ir Nacht d Stärne aaluege. Myne isch z chly für dass i dir chönnt zeige, won er isch. Es isch o besser so. My Stärn wird für di eifach eine vo de Stärne sy. De wirsch alli Stärne gärn aaluege ... Sii alli wärde dyni Fründe sy. U de machen i dir es Gschänk ...»

Er het wider glachet.

«Ah! Chlyne Maa, chlyne Maa, i ghöre dys Lache so gärn!»

«Genau das wird mys Gschänk sy ... es wird so sy wi mitem Wasser ...»

«Was meinsch da dermit?»

«D Lüt hei Stärne, aber es sy nid di glyche. Di einte reise u d Stärne sy ihri Orientierigshilf. Di andere gseh nume chlyni Liechtli. Wider anderi, Wüsseschaftler, gseh se als Problem. Für my Gschäftsmaa sy si us Guld gsi. Aber alli di Stärne sy still. Du, du wirsch Stärne ha wi niemer süsch ...»

«Was wosch dermit säge?»

«We du a Himel ufe luegsch ir Nacht, wirds dir vorcho, wi wenn alli Stärne würde lache, wül uf eim ja ig wohne, wül uf eim ja ig lache. Du wirsch Stärne ha, wo chöi lache!»

Und er het wider glachet.

«U we du tröschtet bisch (me findt immer Troscht) wirsch zfride sy, wül du mi kennt hesch. Du wirsch für geng my Fründ sy. Du wirsch mit mir wölle lache. U de wirsch mängisch ds Fänschter uftue, eifach so, zum Vergnüege ... U dyni Fründe wärde stuune, we si gseh, wi du zum Himel ufeluegsch u lachisch. De wirsch ne säge: ‚Ja, d Stärne. Die mache mi geng z lache!' U si wärde dänke, du spinnisch. De han i dir de e böse Streich gspilt ...»

Und er het wider glachet.

«Es wird sy, wi wenn i dir statt de Stärne e ganze Huufe Glöggli hätt gschänkt, Glöggli, wo chöi lache ...»

U wider het er glachet. Du isch er wider ärnscht worde:

«Die Nacht ... weisch ... chumm nid.»

«I la di nid elei.»

«Es wird usgseh, wi wes mer weh tät ... es wird chly usgseh, wi wenn i würd stärbe. So wirds sy. Chumm das nid cho aaluege. Es isch sech nid derwärt ...»

«I la di nid elei.»

Aber er het sech Sorge gmacht.

«I säge dir ... es isch o wäge der Schlange. Si darf di nid bysse ... D Schlange sy bös. Si chöi nume so zum Vergnüege bysse ...»

«I la di nid elei.»

Aber du isch ihm öppis z Sinn cho, wo ne berueiget het:

«Jä so, si hei ja füre zwöit Biss kes Gift meh ...»

I ha nüüt gmerkt, won er sech i der Nacht het ufe Wäg gmacht. Still u heimlech isch er ggange. Won ihm de ha nachemöge, isch er entschlosse u mit schnälle Schritt gloffe. Er het nume gseit: «Ah, du bisch da ...»

Und er het mi ar Hand gno. Aber es het ne no geng plaget:

«Du machsch es lätz. Es wird dir weh tue. Es wird usgseh, wi wenn i tot wär u das wird gar nid wahr sy ...»

I ha gschwige.

«Versteisch. Es isch z wyt. I cha my Körper nid mitnä. Er isch z schwär.»

I ha gschwige.

«Aber er wird sy win e alti, lääri Hültschele. Alti Hültschele sy nüüt Truurigs ...»

I ha gschwige.

Er het der Muet echli verlore. Aber er het nomal en Aalouf gno:

«Weisch, es wird guet sy. Ou ig wirde d Stärne aaluege. Alli Stärne wärde Brünne sy mit nere verroschtete Rolle. Alli Stärne wärde mer z trinke gä ...»

I ha gschwige.

«So luschtig! Du wirsch füfhundert Millione Glöggli ha, i wirde füfhundert Millione Quelle ha ...»

Und ou är het gschwige, wül er het müesse gränne.

«Da isch es. La mi e Schritt ganz elei la mache.»

Und er isch häregsässe, wül er Angscht het gha. Er het no gseit:

«Weisch ... my Blueme ... i bi verantwortlech für se! U si isch so schwach! U si het ke Ahnig vo gar nüüt. Si het vier Dorne, wo re überhoupt nüüt nütze für sech vor der Wält z schütze ...»

I bi abghocket, wül i mi nümme ha chönne uf de Bei halte. Er het gseit:

«So isch es ... Das isch alles ...»

Er het no chli gwartet, de isch er wider ufgstande. Er het e Schritt gmacht. I ha mi nid chönne rüere.

Es het nüüt als e gälbe Blitz bi sym Chnöchel ggä. Für ne Momänt isch er bewegigslos dagstande. Er het nid göisset. Er isch langsam gheit, win e Boum. Es het nidemal e Ton ggä, wägem Sand.

XXVII

Und itz isch das scho sächs Jahr här ... I ha di Gschicht no nie verzellt. D Kollege, won i ne begägnet bi, sy froh gsi, mi läbig widerzgseh. I bi truurig gsi, aber i ha ne gseit: «I bi todmüed ...»

Itz bin i e chli drüber ewägg. Das heisst ... nid würklech. Aber i weiss genau, dass er uf sy Planet zrügg cho isch, wül i am Morge sy Körper nid ha widergfunde. Es isch glych nid so ne schwäre Körper gsi ... Und i lose i der Nacht gärn de Stärne zue. Es isch wi füfhundert Millione Glöggli ...

Aber itz passiert öppis Eigenartigs.

I ha vergässe, a däm Muulchorb, won i füre chly Prinz zeichnet ha, e Läderrieme aazmache! Er wirds nie fertigbracht ha, ne am Schaf aazlege. Drum fragen i mi: «Was isch ächt uf sym Planet passiert? Het ds Schaf d Blueme glych gfrässe ...»

Mal sägen i mir: «Sicher nid! Der chly Prinz versorget sy Blueme Nacht für Nacht under der Glasglogge, und er bhaltet sys Schaf guet im Oug ...» De bin i glücklech. Und alli Stärne lache lysli.

U de sägen i mer wider: «Mängisch isch me chli zerströit u das längt! Er het mal am Abe d Glasglogge vergässe, oder ds Schaf isch ihm inere Nacht lutlos etwütscht ...» De verwandle sech alli Glöggli i Träne! ...

Es isch ganz es grosses Gheimnis. Für öich, wo der chly Prinz o gärn heit u für mi: Es isch nüüt im wyte Wältall glych, we irgendwo, mir wüsse nid wo, es Schaf wo mer nid kenne, e Rose frisst oder nid frisst ...

Lueget ufe a Himel. Fraget nech: «Het ds Schaf d Blueme gfrässe oder nid gfrässe?» U dir wärdet gseh, wi sech alles veränderet ...

U niemer vo de Grosse wird je versta, dass das so wichtig isch!

Das isch für mi di schönschti u di truurigschti Landschaft vor Wält. Es isch di glychi Landschaft wi die vo der vordere Syte, aber i ha se nomal zeichnet, für se öich ganz dütlech z zeige. Hie isch der chly Prinz uf der Ärde erschine u wider verschwunde.

Lueget di Landschaft guet a, dass dir sicher syt, dass dir se würdet widererkenne we dir mal z Afrika umereiset, i der Wüeschti. U we dir da verbychömet, i bitten ech sehr, nämet nech Zyt, wartet e chli under em Stärn! We de es Chind gredi uf nech zuechunnt, wes lachet, wes guldigi Haar het, wes nid uf d Frage antwortet, wo men ihm stellt, de wüsset dir sicher, wärs isch. De syt so lieb! Löt mi nid lenger la truurig sy:

Schrybet mer schnäll, dass er umecho isch ...